AF577861

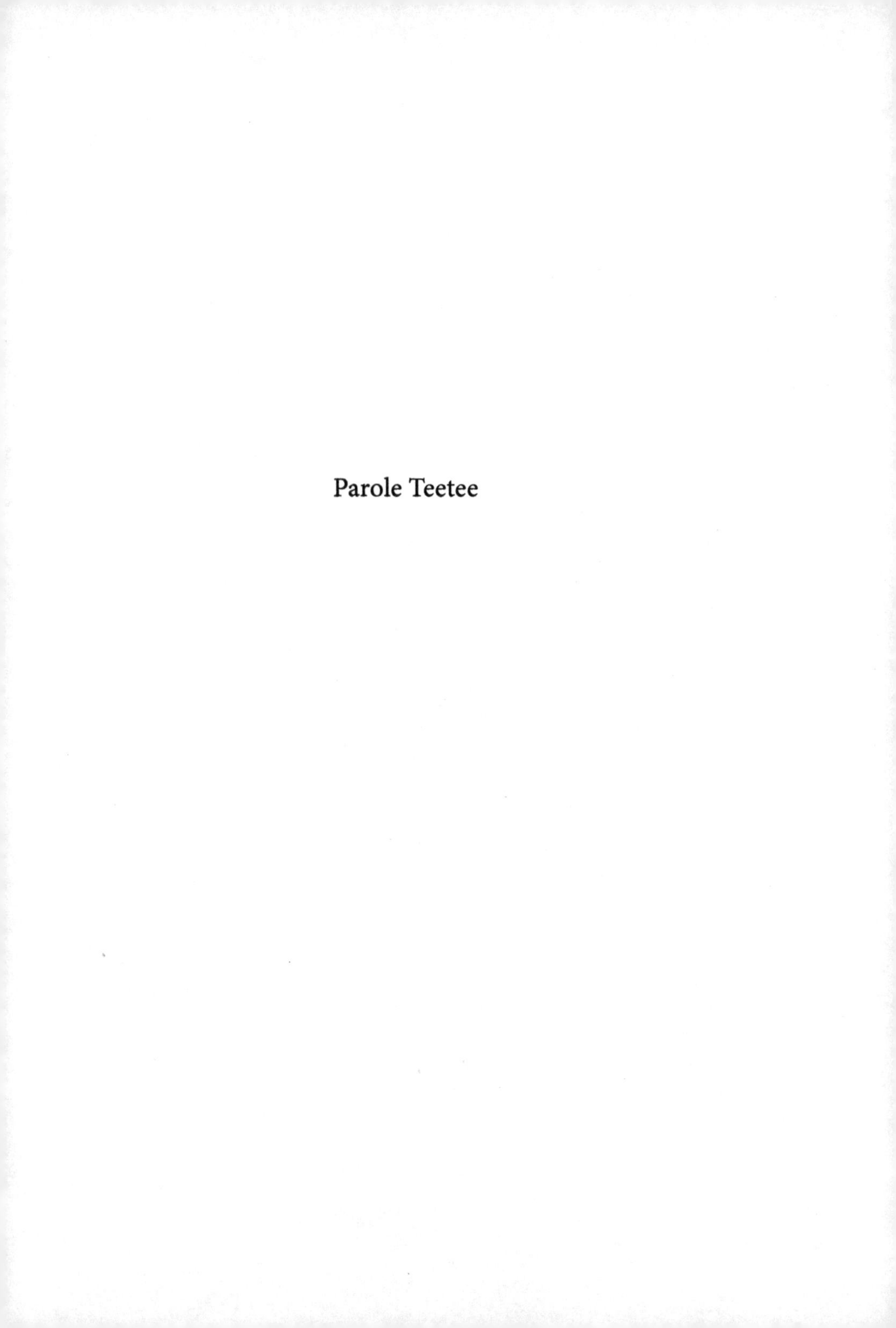

Parole Teetee

ANTJE HERDEN

PAROLE TEETEE

MIT BILDERN
VON MAJA BOHN

TULIPAN VERLAG

INHALT

KAPITEL 1 – stellt fast alle kurz vor – 7
KAPITEL 2 – geht mit einem *Bang!* los – 16
KAPITEL 3 – stellt noch ein paar Leute vor – 25
KAPITEL 4 – spielt im Laden von Herrn Mansur – 31
KAPITEL 5 – ist voller Honig und Pistazien und trotzdem traurig – 40
KAPITEL 6 – schmeckt nach Orangen – 48
KAPITEL 7 – zwitschert wie ein Vogel – 54
KAPITEL 8 – ist länger und wird fast schwarz – 61
KAPITEL 9 – ist eine schrecklich schlaflose Nacht – 70
KAPITEL 10 – lässt einen Verdacht aufkeimen – 81
KAPITEL 11 – ist ein Reinfall, führt aber zu einem Plan – 88
KAPITEL 12 – bringt einen ersten Hinweis – 99
KAPITEL 13 – spielt in der alten Villa – 107
KAPITEL 14 – scheint eine abgekartete Sache zu sein – 116
KAPITEL 15 – ist sehr blutig – 126
KAPITEL 16 – führt zwei lose Fäden zusammen – 137
KAPITEL 17 – läuft völlig schief – 147
KAPITEL 18 – ist für die Katz – 156
KAPITEL 19 – lässt ein Hühnchen etwas finden – 165
KAPITEL 20 – bringt endlich Licht ins Dunkel – 175
KAPITEL 21 – schmeckt allen gut – 183
KAPITEL 22 – nimmt die letzten Sorgen mit sich fort – 190
KAPITEL 23 – feiert endlich eine Party – 198

KAPITEL 1 –
stellt fast alle kurz vor

Teetee –

Alle fanden Teetee merkwürdig: die Kinder, die Erwachsenen und die anderen ebenfalls. Sogar der dicke Hund vom alten Hofmann war außer Rand und Band und bellte die ganze Straße zusammen, wenn sie vorbeilief. (Der alte Hofmann und sein dicker Hund werden in dieser Geschichte allerdings nicht noch einmal auftreten.)

Teetee war lang und dünn wie eine Bohnenstange. Alt war sie auch. Vielleicht siebenundachtzig oder zweiundsechzig. Wahrscheinlich irgendetwas dazwischen. Sie hatte jedenfalls viele Falten.

An Teetee vorbeizugehen fühlte sich ein bisschen ungemütlich an. Obwohl niemand sagen konnte, wieso. Daran war ganz sicher nicht die Ähnlichkeit mit einer Bohnenstange schuld. Die sind ja meist ziemlich harmlos. Auch alte Leute sind im Großen und Ganzen nichts Beunruhigendes.

Teetee roch fremd, aber nicht zu sehr und fast sogar gut. Nach Rauchwerk, Käsecrackern und Zuckerwatte. Das konnte es also auch nicht sein.

Sie trug einen grauen Mantel. Im Winter war der zugeknöpft und eine karierte Wolldecke war fest drum herum geschlungen. Im Sommer wehten die offenen Mantelschöße im Wind um Teetee. Sie glänzten von innen violett. Aber auch ein Mantel, egal wie oft oder wie selten er angezogen wird, ist nicht besonders beängstigend.

Genauso wenig wie ein Badekappenturban aus lila Samt. Den trug Teetee auf dem Kopf. Ob sich darunter Haare verbargen und ob die kurz oder lang, weiß, lila oder schwarz waren, hatte noch niemals jemand gesehen.

Teetee lächelte immer. Entweder jemanden an oder vor sich hin. Die Kinder grinsten kurz zurück oder schauten auf den Boden, wenn sie ihr begegneten. Teetees Lächeln war sanft, aber seltsam. Als wüsste sie etwas, wovon niemand sonst auch nur eine Ahnung hatte. Vielleicht war es das.

Doch das Auffälligste an Teetees Erscheinung war ihre große, bauchige Tasche. Diese Tasche trug sie immer mit sich herum. Sie war aus schwarzem Leder und hatte es in sich. Im wahrsten Sinne des Wortes. Denn egal was passierte, egal was gebraucht wurde, Teetee zog immer das genau Passende daraus hervor. Auch wenn kaum einer sofort erkannte, dass das Herausgezogene das genau Passende war. Was aber nur daran lag, dass die meisten Menschen eben nicht wissen, was sie gerade wirklich brauchen.

Unter den Kindern kursierte das Gerücht, Teetees Tasche sei magisch. Eine Zaubertasche, die Wünsche erfüllte. Noch nie gedachte, vernachlässigte, verloren gegangene Wünsche.

Wegen der magischen Tasche und wegen ihres gewissen wissenden Lächelns fürchteten sich manche Kinder ein wenig vor Teetee. Man könnte sogar sagen, dass der ungemütliche Grusel, den sie bei Begegnungen mit Teetee empfanden, die Kinder des ganzen Viertels miteinander verband.

So unterschiedlich sie sonst auch waren.

Lene –
Lene ging in die vierte Klasse. Sie hatte ein hübsches Lächeln und dunkelbraune Locken, die ihr über die Schultern fielen. Meistens trug sie jedoch einen Zopf.

Morgens war sie fast immer zu spät. Weil sie die halbe Nacht lang mit einer Taschenlampe unter der Bettdecke lag und las, fiel es ihr schwer, am Morgen aufzuwachen und einen ganz normalen Lenetag zu beginnen. Manchmal schlief sie in der Schule wieder ein. Nicht nur wegen großer Müdigkeit. Lene langweilte sich schnell. Auch das hatte etwas mit den vielen gelesenen Büchern zu tun. Erstens erlebte sie in denen unfassbar spannende Abenteuer. Zweitens lernte sie ganz nebenbei Dinge über die Welt, so dass sie über vieles sogar besser Bescheid wusste als ihre Lehrerinnen. Lene hatte jedoch erkannt, dass die es überhaupt nicht leiden konnten, wenn sie etwas besser wusste. Darum meldete sie sich lieber gar nicht mehr im Unterricht. Nicht einmal in Deutsch oder Sachkunde bei Frau Felgentreff, ihrer Klassenlehrerin. So kam es, dass Lenes Schulnoten nicht besonders gut waren. (Das war eigentlich ein Beweis dafür, dass Noten nicht viel mit Klugheit zu tun haben. Doch dieser Beweis interessiert leider nicht so viele.)

Weil sie schüchtern war, sprach Lene auch sonst nicht viel. Darum war sie oft allein. Und darum wirkte sie geheimnisvoll. Dass die anderen Kinder gerne mit ihr befreundet gewesen wären, ahnte sie nicht. Obwohl sie so mehr Zeit hatte, um Bücher zu lesen, vermisste Lene immer öfter einen Freund.

Cosmo und Stulle –

Cosmo hatte die Idee mit den neuen Namen gehabt. Wie bei echten Gangstern oder Rappern. Die hießen ja auch nicht von Geburt an Cro oder Alligatoah, sondern eher Carlo oder Lukas.

»Ab heute heiße ich Cosmo«, hatte Cosmo eines Tages verkündet. »Und du?«

Wanda, hätte Stulle beinahe gesagt, weil er kurz nicht bei der Sache gewesen war. Das hatte etwas mit seiner Lieblingsfernsehsendung zu tun gehabt. Aber zum Glück war ihm noch rechtzeitig eingefallen, dass Wanda wahrscheinlich ein Mädchenname ist. Um Zeit zu gewinnen, hatte er erst einmal in sein Pausenbrot gebissen.

»Stulle«, hatte er dann mit vollem Mund genuschelt.

(Dabei war ein kleines Wurststückchen herausgeflogen. Das war in Lenes Locken gelandet, weil die gerade vorüberging und Stulle ganz kurz in ihre Richtung geschaut hatte.

Er hatte vor Schreck einen Schluckauf bekommen. Gesagt hatte er aber nichts. Nicht zu Lene.)

»Alles klar«, hatte Cosmo erklärt und dabei auch Lene nachgeschaut.

(Nicht wegen des Wurststückchens in ihren Locken. Von dem hatte er gar nichts mitbekommen. Sondern einfach nur so.)

Anschließend hatte er noch mal kurz nachdenken müssen. Beinahe hatte er nämlich das Gefühl gehabt, Stulle hätte sich den cooleren Spitznamen ausgesucht. Das wäre fatal gewesen. Denn Cosmo war der Stärkere. Dicker war er auch, viel dicker. Und größer. Cosmo war auch älter als Stulle, sogar älter als alle anderen in der Klasse. Das hatte zwei Gründe. Erst war er später in die Schule gekommen und dann hatte er auch noch eine Ehrenrunde drehen müssen.

Cosmos Faust saß ziemlich locker. Er ballte sie oft, streckte sie drohend nach oben oder nach vorne, je nachdem, welche Richtung ihm gerade sinnvoller erschien. Niemand wusste, ob Cosmo damit wirklich zuschlagen würde. Gesehen hatte das noch keiner. Denn da war ja noch Stulle. Der war klein und schmächtig und trug eine große Brille. Warum es Stulle jedes Mal schaffte, den aufbrausenden Cosmo zu beruhigen, wusste keiner. Die beiden kannten sich schon seit immer. Tatsache war aber, dass es Stulles Einwände und vernünftige Befürchtungen waren, die immer wieder Schlimmes verhinderten.

Das dachten die anderen Kinder, das dachte auch Stulle.

In Wahrheit war Cosmo sehr erleichtert über Stulles Besonnenheit. Schon oft hatte er sich selbst über sein heißes Blut geärgert, besonders wenn es brodelnd überzukochen drohte. Wenn Stulle ihn jedoch aufhielt, konnte Cosmo auf die angekündigten Konsequenzen wie Kopfnüsse, Backpfeifen und linke Haken verzichten, ohne dabei sein Gesicht zu verlieren. Denn eigentlich wollte er niemandem eine mit der Faust verpassen.

Sara und Saha –
Sara hatte gesagt, dass sie gar nicht mehr in die Schule gehen müssten.

»Ein guter Plan A ist alles. Dann braucht man auch keinen Plan B«, hatte sie Saha erklärt.

Den Spruch hatte sie von ihrem Onkel. Ihre Mutter verdrehte darüber die Augen, aber Sara fand ihn ziemlich gut.

»Unser Plan A ist Instagram. Wir werden Influencer.«

Saras Onkel war begeistert. Vielleicht weil er erst fünfzehn Jahre alt war. Vielleicht weil er selbst YouTuber werden wollte. Jedenfalls hatte er ihnen geholfen, heimlich ein Account bei Instagram zu eröffnen. Denn dafür waren sie eigentlich noch zu jung.

Saha hatte sich nicht getraut zu fragen, was ein Influencer ist. Manchmal fühlte sie sich neben Sara etwas unsicher. Das hatte auch mit ihrem Namen zu tun. Die meisten fanden den komisch.

»Vielleicht haben deine Eltern ihn einfach nur falsch geschrieben? Vielleicht haben sie das R mit dem H verwechselt?«, hatte Sara überlegt.

Saha wusste das nicht. Sie konnte ihre Eltern auch nicht fragen, denn die waren Ärzte auf Reisen und halfen den ärmsten Kindern dieser Welt. Schon solange Saha denken konnte. Manchmal kam eine Postkarte, manchmal eine Mail, manchmal ein Anruf über Skype. In solchen Momenten war sie zu aufgeregt, um nach einem eventuell vertauschten R zu fragen.

Saha lebte bei ihrer Großmutter. Die wusste auch nichts darüber. »Ich fand den Namen ja erst ein bisschen komisch«, hatte Omi ihr verraten. »Aber nun ist es der schönste, den ich mir vorstellen kann.«

Saras und Sahas Insta-Account hieß PrincessSaha. PrincessSara hatte es zu Saras großem Bedauern schon gegeben. Inzwischen hatten sie zwölf Bilder mit Saras Smartphone geschossen und eingestellt.

Dreimal die Katze, die immer auf dem schwarzen Autodach schlief.

Ein toter Spatz, der noch fast lebendig aussah. (Das war kurz bevor die Katze aufgewacht war.)

Eine Spatzenfeder mit rotem Kiel, nachdem die aufgewachte Katze den toten Spatz entdeckt hatte.

Dreimal Nagellack auf Saras Nägeln, davon einmal mit Glitzer.

Je ein Foto von ihren nicht mehr ganz neuen Sneakers.

Und zweimal hatten sie heimlich Teetees Tasche fotografiert. (Leider waren beide Bilder unscharf.)

Obwohl sie insgesamt schon achtundzwanzig Likes und fünf Follower hatten (einer davon war Saras Onkel), saßen sie trotzdem noch nebeneinander in Frau Felgentreffs Unterricht. Schule war Plan B.

»Den brauchen wir aber bald nicht mehr«, hatte Sara gesagt.

Saha hatte dazu geschwiegen. Sie mochte Plan B. Sie würde es niemals laut sagen, aber Saha ging gerne in die Schule.

Nicht nur, weil Bene vor ihr saß.

Bene –

Bene war ein Held. Und er hasste es.

Natürlich war es toll, wenn man in jedem Unterrichtsfach eine Eins bekam. Wenn man die meisten Tore schoss und auch noch fechten konnte. Wenn trotzdem oder gerade darum alle mit einem befreundet sein wollten und die alten Damen auf der Straße einem Süßigkeiten zusteckten, weil sie einen so nett fanden. Klavier spielen konnte Bene auch. Das war das Einzige, was er wirklich gerne tat.

Dass er es hasste, in allem der Beste zu sein, lag an seinem Vater. Der tat nämlich so, als sei das allein sein Verdienst. »Du bist mein Sohn«, sagte er. Sonst nichts. Als wäre Bene einfach nur darum in allem gut, weil er eben der Sohn seines Vaters und nicht sein eigener Bene war. Sein Vater hatte ihn auch noch nie Bene genannt. Er sagte Benedict.

Dabei war es doch Bene, der gut rechnen konnte, der stundenlang Partituren übte, der einen perfekten Pass schoss und die alten Damen auf der Straße höflich grüßte.

Gute Manieren hatte ihm seine Mutter beigebracht. Wohingegen sein Vater noch nie Fußball gespielt hatte. Weder als kleiner Junge noch zusammen mit Bene. Sein Vater sah überhaupt so aus, als hätte er noch nie im Leben irgendetwas gespielt. Er mochte es auch nicht besonders gern gemütlich und trug sogar zu Hause zum Abendbrot eine fest gebundene Krawatte.

Abendbrot gab es in Benes Zuhause jeden Tag um neunzehn Uhr. Darauf bestand sein Vater, obwohl er selbst meist gar nicht dabei war, weil er noch in seiner Kanzlei arbeiten musste.

Eigentlich wollte Bene gerne einmal mit Karacho danebenschießen. Und sein Vater sollte ihn in den Arm nehmen und sagen, dass er ihn lieb hatte. Trotzdem. Oder gerade deswegen.

KAPITEL 2 –
geht mit einem *Bang!* los

In Büchern hat eine Geschichte immer einen Anfang und ein Ende. Im Leben ist das oft nicht so. Meistens steckt man schon mittendrin, bevor man merkt, dass eine neue Geschichte begonnen hat. Den Anfang hat man gar nicht mitbekommen. Manche Geschichten sind ganz kurz, andere dauern Jahre. Es soll sogar welche geben, die ein Leben lang halten. Aber so was weiß man natürlich erst an seinem letzten Tag. Und der kann ruhig einige Millionen Kilometer weit in der Zukunft liegen.

Obwohl diese Geschichte über, mit und um Teetee aufgeschrieben wurde, hat sie trotzdem keinen richtigen Anfang. Denn Teetee war einfach schon immer da gewesen. Jedes Kind im Viertel kannte sie. Sie und ihre magische Tasche.

Der Anfang dieser Geschichte könnte vielleicht der Tag gewesen sein, als Bene mit dem Fahrrad gegen den Laternenpfahl krachte, umfiel und liegen blieb.

»Potzblitz und herrje, da kommt die seltsame Teetee«, raunte Cosmo Stulle zu.

Lene lief einige Schritte hinter ihnen. Cosmo war sich nicht sicher, ob er gewollt hatte, dass sie es auch hörte. (Dieses *Potzblitz und herrje* fand er selbst etwas blöd. Cosmo war nicht so gut im Reimen, fand er. Stulle reimte besser. Oder Bene. Aber der konnte ja sowieso alles besser.) Trotzdem hatte er irgendetwas Freches über die entgegenkommende Teetee sagen wollen. Das tat er immer. Weil er so ein wilder Kerl war. Und weil er nicht wusste, was er sonst machen oder sagen sollte, wenn die seltsame Alte mit ihrer großen Tasche an ihm vorbeilief. Heimlich und ganz tief drinnen fürchtete er Teetee ein wenig. Aber das würde er nie zugeben. Vor niemandem. Nicht einmal vor sich selbst. Die anderen kicherten, wenn er freche Reime brachte. Manchmal zumindest. Hoffte Cosmo. Lene kicherte leider nie. Und Stulle fand Cosmos Reime nervig.

»Wie geht's, wie steht's? Wohin des Wegs?«, fragte Teetee, als sie bei ihnen angelangt war.

Sie lächelte ihn an. Cosmo bekam heiße Ohren. Hatte sie etwa gehört, was er gerade gesagt hatte? Sah Lene, dass er nun heiße Ohren hatte? Cosmo kaute auf seiner Zunge herum. Seine geballte Faust zuckte in der Hosentasche. Was sollte er bloß antworten?

Doch Teetee war sowieso längst vorbeigegangen. Mit wehenden lila Mantelschößen.

»Zum Strand!«, rief Stulle ihr nach.

»Das ist sehr gut«, antwortete Teetee über ihre Schulter.

Stulle sagte das mit dem Strand immer, wenn einer fragte, wohin er unterwegs war. Es hatte etwas mit seinem Lieblingsbilderbuch zu tun. Einen Strand gab es weit und breit nicht. Nicht hier.

»Wieso hast du ihr geantwortet?«, fragte Cosmo.

Stulle zuckte mit den Schultern.

»Vielleicht weil das höflich ist?«, hörten sie Lene murmeln.

Dann klappte die Haustür hinter ihr zu.

Im selben Moment krachte etwas.

Erschrocken drehten Cosmo und Stulle sich um. Sie sahen Benes Fahrrad am Boden liegen. Das Vorderrad drehte sich wie verrückt. Darunter lag Bene und bewegte sich kein bisschen. Der Laternenpfahl, der daneben stand, hatte nicht einmal eine Beule.

Die Haustür wurde wieder aufgerissen und Lene stürmte heraus. Sie hockte sich an Benes Seite, direkt neben Teetee, die bereits das Fahrrad von ihm heruntergehoben und gegen die Laterne gelehnt hatte.

»Bene«, flüsterte Lene. »Brauchst du Hilfe?«

Zum Glück trug Bene einen Helm. Vielleicht hatte der gerade irgendwas gerettet, denn Bene blinzelte ein paarmal, öffnete dann die Augen und hatte seinen hellblauen Beneblick.

»Alles in Ordnung mit dir, mein Junge?«, fragte Teetee.

Bene nickte mit den Augenlidern. Den Kopf konnte er noch nicht bewegen. Zuerst mussten sich die Bienen beruhigen, die dadrinnen summten und brummten. Ein Vogel und ein paar Sterne hingen dort auch herum, obwohl die genauso wenig in seinen Kopf gehörten wie die Bienen.

»Soll ich Pflaster holen?«, fragte Lene und deutete auf Benes Knie, das blutete.

»Pflaster habe ich in meiner Tasche«, sagte Teetee und griff hinein.

Sie kramte und wühlte, dann zog sie ihre Hand wieder heraus. Darin hielt sie einen kleinen Vogel.

»Das ist kein Pflaster«, stellte Cosmo fest.

»Wenn du meinst«, sagte Teetee lächelnd.

Der kleine Vogel hatte weiß-rosa-braunes Gefieder und einen sehr langen Schwanz. Er kuschelte sich in Teetees zu einem Nestchen geformte Hände und schaute sich mit großen Knopfaugen um.

»Das ist eine Schwanzmeise«, sagte Stulle leise.

Eigentlich hatte er das nicht sagen wollen. Es sollte niemand wissen, dass er sich für Vögel interessierte. Schon gar nicht Lene. Vögel waren uncool. Und sonntags bei Sonnenaufgang mit seinem Vater und einem Feldstecher im feuchten Gras am Waldrand zu hocken und Vögel zu beobachten war noch uncooler.

Aber Lene wandte kurz die Augen von Benes blutendem Knie und schaute zu Stulle auf.

Cosmo sah diesen Blick und irgendetwas zwickte in seiner Brust. Vielleicht sollte er sich auch für Vögel interessieren?

»Ist trotzdem kein Pflaster«, brummte er.

»Wer weiß«, zwitscherte jemand. Das war aber nicht die Schwanzmeise, sondern Teetee. »Jedenfalls kann sie nun aus meiner Tasche in die Freiheit umziehen.«

»Sie hat in Ihrer Tasche gewohnt?«, rief Stulle und riss die Augen auf.

Teetee nickte. »Ich habe sie vor zwei Wochen im Park gefunden. Sie war aus dem Nest gefallen. Aber nun scheint sie ausgewachsen. Schaut!«

Sie warf die kleine Meise in die Luft. Die flatterte aufgeregt mit den Flügeln, fing sich und landete wohlbehalten auf Benes Fahrradhelm. Dort öffnete sie ihren Schnabel und begann zu zwitschern.

»Singen muss sie aber noch üben«, knurrte Cosmo.

Bene lag währenddessen am Boden und schaute in die Wolken. Die zogen heute schneller vorbei als sonst. Vielleicht fiel es ihm darum so schwer, die einzelnen Wolkenbilder zu benennen. Bevor er *Drache* auch nur denken konnte, war der schon ein Schaf geworden. Dann saß da auch noch dieser Vogel auf seinem Fahrradhelm und sang. Zusammen mit dem anderen Vogel, der vorhin in seinem Kopf aufgetaucht war, und mit den Millionen Bienen. Bene versuchte mitzusummen. Ein ziemlich schräges Konzert.

Da fiel ihm etwas auf. Warum lag er eigentlich am Boden? Und warum hockten Lene, Cosmo, Stulle und die merkwürdige Teetee um ihn herum? Wollten sie etwa dem Konzert zuhören? Normalerweise hatte er nicht so viel Publikum. Sonst war da nur Mama und manchmal Oma, wenn er Klavier spielte.

straße
13
LUZI IST DOOF!
SELBER DOOF!

Bene konnte nicht wissen, dass Saha im Haus gegenüber oft bei offenem Fenster auf ihrem Bett lag und seinem Spiel lauschte. Sie hatte dann das Gefühl, mit Bene ein Geheimnis zu teilen. Obwohl das natürlich Unsinn war, weil ja nicht einmal Bene davon wusste.

Saha und Sara kamen gerade die Straße entlanggelaufen. Sara hielt ihr Smartphone gezückt. Wie immer war sie auf der Suche nach einem neuen Foto für PrincessSaha. Da entdeckte sie einen wundersamen Vogel, der auf einem Fahrradhelm hockte und sang. Im Fahrradhelm steckte Bene, der am Boden lag, in die Wolken starrte und das Vogellied mitsummte. Sara blinzelte zweimal. Aber das Bild war immer noch da und konnte darum kein inneres sein.

»Das ist ja verrückt«, murmelte sie und machte schnell ein Foto.

»Was ist denn mit Bene passiert?«, rief Saha währenddessen erschrocken.

»Er ist gegen die Laterne gefahren«, antwortete Stulle. »Jetzt hat er einen Vogel.«

»Ha, ha!«, machte Cosmo. »Der ist gut.« Dann wandte er sich an die Mädchen. »Das war ein Wortwitz«, erklärte er.

»Super erkannt, Alter«, meinte Stulle.

Lene musste grinsen. Bene auch. Aber nur ganz vorsichtig.

»Ich habe nicht nur einen Vogel, sondern zwei«, krächzte er. »Einen auf dem Kopf und einen innen drin.«

»Auweia«, hauchte Saha.

»Wie spannend«, meinte Sara.

Plötzlich hörte die kleine Schwanzmeise auf zu singen. Sie drehte sich um, hüpfte zweimal hoch und wieder runter, streckte ihr puscheliges Hinterteil raus und –

»Die Meise hat Bene auf die Nase gekackt«, erzählte Cosmo allen noch einmal, was sie gerade selbst gesehen hatten.

Das Konzert in Benes Kopf verstummte mit einem letzten Tirili.

»Geht es wieder?«, fragte Teetee und hielt Bene ein feuchtes Tuch aus ihrer Tasche hin.

Er nickte, nahm das Tuch und wischte sich den Vogeldreck von der Nase. Dann setzte er sich auf. Alle starrten ihn an. Bene musste zwar noch einmal kurz die Augen schließen, um das Karussell, auf dem er saß, anzuhalten, aber dann ging es tatsächlich wieder. Die anderen atmeten erleichtert auf.

»Kacken sagt man übrigens nicht«, meinte Stulle dann.

»Na, wie denn sonst?«, fragte Cosmo.

Groß machen, wollte Stulle sagen, hielt sich aber zurück und zuckte mit den Schultern.

»Defäzieren«, murmelte Lene.

»Defäwas?«, fragte Cosmo.

»Das kommt aus dem Lateinischen. Defaecare heißt reinigen. Wir sagen das zu Hause«, erklärte Lene. Ihre Stimme wurde beim Sprechen immer leiser. Es war ihr furchtbar peinlich, dass sie das den anderen erzählte.

Aber Bene grinste noch etwas breiter. »Ich bin mir sicher, dass neunundneunzig von hundert Kindern dieses Wort noch nie gehört haben.« Er war sehr froh, dass er über Dinge wieder sicher sein konnte.

»Ist es nicht verwunderlich, dass es für so etwas Wichtiges gar kein gutes Wort gibt?«, fragte Teetee in die Runde.

Alle nickten verblüfft.

»Darüber habe ich noch nie nachgedacht«, rief Cosmo.

»Dabei macht man es doch jeden Tag«, sagte Sara und Saha kicherte ein bisschen.

»Nun, wenn hier alles wieder in Ordnung ist, dann gehe ich mal weiter.« Teetee erhob sich, richtete ihren Mantel, nahm ihre Tasche, warf allen ein sanftes Lächeln zu und ging davon.

»Was ist denn nun mit dem Pflaster?«, rief Cosmo ihr nach.

»Mein Knie blutet nicht mehr«, stellte Bene fest.

»Seht ihr!«, flötete Teetee fröhlich.

»Sie ist wirklich seltsam«, murmelte Stulle.

Dann fuhr ein Transporter vor und versperrte ihnen die Sicht.

KAPITEL 3 –
stellt noch ein paar Leute vor

Junis –
Junis saß auf der Rückbank und wusste nicht, wohin er als Erstes schauen sollte. Das war also die Straße, in der sie fortan leben würden. Links erhob sich das Haus mit ihrer neuen Wohnung. Rechts sah er eine Gruppe Kinder. Sie schienen alle in seinem Alter zu sein. Einer von ihnen trug einen Fahrradhelm und saß am Boden. Vielleicht war gerade irgendetwas Besonderes passiert und vielleicht standen sie darum dort zusammen. Denn Freunde waren die sechs Kinder nicht. Das erkannte Junis sofort. Im letzten Jahr hatte er gelernt, die Menschen zu verstehen. Auch wenn sie gar nichts sagten. Vor allem, wenn sie gar nichts sagten. Einige der Kinder auf dem Bürgersteig sahen nett aus. Besonders dieses blonde Mädchen mit dem Smartphone. Junis seufzte. Er hätte so gerne wieder echte Freunde gehabt.

Das letzte Jahr war kein schönes gewesen. Sie hatten ihr Zuhause, ihre Freunde und vor allem Oma verlassen müssen und der Empfang in Deutschland war nicht besonders herzlich gewesen. Im Gegenteil. Manchmal waren sie von

Leuten, die sie überhaupt nicht kannten, beschimpft worden. Einfach so. Obwohl sie gar nichts Falsches oder Unrechtes getan hatten.

»Junis, hilfst du bitte, den Transporter auszuladen«, riss seine Mutter ihn aus den traurigen Gedanken.

So viel war es nicht, was sich hinten im Transporter befand. Zwei Koffer von jedem und sechs Kartons mit Dingen, die sich in den letzten Monaten angesammelt hatten. Die Möbel standen schon oben in der Wohnung. Die hatten seine Eltern im Internet bestellt und direkt hierher liefern lassen. Junis hatte sich sein neues Zimmer ganz nach seinen Wünschen aussuchen dürfen.

Nun sollte eine glücklichere Zeit beginnen. Junis wusste, wie sehr Mama und Papa das wollten. Er wusste aber nicht, ob man sich das Glück einfach so herbeiwünschen konnte.

Er warf einen letzten Blick auf die Kinder auf der anderen Straßenseite. Das waren wahrscheinlich seine neuen Klassenkameraden. Einer von ihnen sah nicht besonders nett aus. Ein großer, dicker Kerl mit zusammengekniffenen Augen. Junis sprang aus dem Transporter und griff nach seinen Koffern.

»Herzlich willkommen in unserem schönen Viertel«, sagte eine Stimme.

Junis erschrak. Neben dem Hauseingang stand eine feine Dame. Er hatte sie gar nicht kommen sehen. Die Dame hatte eine große, bauchige Tasche über dem Arm hängen. Auf dem Kopf trug sie ein gebundenes Tuch, wie es auch Oma gerne tat. Freundlich lächelte sie ihn an.

»Danke«, sagte Junis und lächelte zurück.

»Es wird alles gut«, sagte die Dame.

Komischerweise glaubte Junis ihr.

Frau Felgentreff –

Alle Kinder des Viertels gingen in die Goethe-Grundschule. Dreiundzwanzig von ihnen hatten Frau Felgentreff als Klassenlehrerin. Die meisten empfanden das als großes Glück. Frau Felgentreff war jung und hübsch und hatte das Herz am rechten Fleck. Das bedeutete, dass sie ihre Schüler gern mochte und sich für sie interessierte.

Das bedeutete aber auch, dass Frau Felgentreff so manche Nacht nicht schlafen konnte, weil sie sich Sorgen um ihre Schützlinge machte. Ganz besonders bedenklich fand sie, dass es keinen Zusammenhalt in ihrer Klasse gab. Schon gar nicht zwischen den Jungs und den Mädchen. Dabei hatten sie in den letzten drei Jahren gemeinsam so viele schöne Dinge erlebt. Bastelnachmittage und Laternenumzüge, Plätzchenbacken und Spaghettikochen, Ausflüge in den Zoo und in den Wald, Theater- und Konzertbesuche, Lesenachmittage, Klassenzimmerübernachtungen und sogar eine dreitägige Klassenfahrt.

Frau Felgentreff sah die ungleiche Freundschaft zwischen Sara und Saha. Sie sah, wie einsam Lene sich oft fühlte. Sie sah Cosmos wütend zusammengekniffene Augen und die vielen Süßigkeiten, die er in sich hineinstopfte. Sie sah den kleinen Stulle, der tapfer mit viel zu großen Schritten durch das Leben marschierte. Sie sah Bene, der schmerzlich das Gesicht verzog, wenn er eine Eins bekam.

Sie konnte sich noch ganz genau daran erinnern, wie der blonde Junge mit einer riesigen Schultüte im Arm das erste Mal vor ihr gestanden hatte.

»Können Sie bitte Bene zu mir sagen?«

»Aber natürlich«, hatte sie lächelnd geantwortet. »Dann habe ich ja einen Bene und eine Lene in der Klasse.«

»Das macht nichts«, hatte der kleine Bene geantwortet.

Still und heimlich seufzte Frau Felgentreff. Junis, der jetzt gerade mit seinen Eltern vor ihr stand, sollte ihre Sorgen nicht mitbekommen. Obwohl sie tief im Herzen wusste, dass es für ihn, der neu in dieser Stadt und fast neu in diesem Land war, in einer Klasse mit einem größeren Gemeinschaftssinn sicher einfacher gewesen wäre.

Doch dann straffte sie ihre Schultern, holte tief Luft und lächelte ihr hübsches Lächeln. Das würde sie schon hinkriegen.

»Ich freue mich, dass du zu mir in die Klasse kommst«, sagte sie so fröhlich sie konnte. »Die anderen Kinder sind schon sehr gespannt auf dich.«

Frau Felgentreff sah, wie Junis die Stirn runzelte. Er glaubte ihr nicht.

Trotzdem lächelte sie auch die Eltern frohen Mutes an. Sie wusste, dass der Vater ein berühmter Physikprofessor, ein wichtiger Forscher und Entdecker war. Sie beschloss, den

Sachkundeunterricht noch spannender zu gestalten. Vielleicht würde die Direktorin endlich die Experimentierkästen kaufen, nach denen sie schon so lange fragte.

Sie würde es niemals vor ihren Schülern zeigen, denn die Kinder sollten nicht wissen, dass sich auch Erwachsene manchmal vor Dingen und Menschen fürchteten, aber Frau Felgentreff hatte ein wenig Angst vor der Direktorin Frau Lotter. Und das lag nicht daran, dass Frau Lotter immer leicht nach Zwiebeln roch und einen Damenbart trug.

Nach dem Gespräch mit der neuen Familie beeilte sich Frau Felgentreff, ihre Sachen im Lehrerzimmer wegzuräumen. Sie wollte noch zum kleinen Laden an der Ecke, denn sie würde später Besuch von Herrn Heckmann bekommen. Weil Frau Felgentreff nicht kochen, dafür aber wunderbare Torten backen konnte, bestellte sie Besuch immer zu einer späten Kaffeestunde.

Herr Heckmann war neu an der Schule. Neu und der einzige Mann. (Zumindest im Lehrerzimmer, denn einen Hausmeister gab es natürlich schon. Den kahlen, dicken Herrn Meier. Herr Meier fegte den Hof, sammelte Verlorengegangenes in Fundkisten, tauschte kaputte Glühbirnen aus und baute exakte Stuhlreihen für Veranstaltungen in der Aula auf.) Herr Heckmann unterrichtete Mathe und Sport. Er hatte ein fröhliches Lachen, eine tiefe Stimme und blitzende Augen. Weil er jung war, hatte er auch noch Haare auf dem Kopf. Die waren fast schwarz.

Seitdem er da war, gab es im Lehrerzimmer ständig Kuchen und kleine belegte Brötchen. Irgendeine Lehrerin brachte immer etwas Köstliches zu essen mit. Manchmal auch zwei oder drei. So etwas hatte es zuvor nur an Geburtstagen gegeben. Aber seit zwei Wochen war ein regelrechter Backwettbewerb ausgebrochen. Wer nicht backen konnte, belegte und verzierte kleine Brötchen. Es roch im Lehrerzimmer nun auch nach den verschiedensten süßen Parfums, man bekam die allerneuste Mode vorgeführt, die riesige Englischlehrerin trug trotz ihrer Größe Stöckelschuhe, und sogar Frau Lotter malte sich die Lippen unterm Damenbart dunkelrot an. Dabei wusste niemand, ob Herr Heckmann nicht vielleicht schon eine Frau hatte.

Heute würde er also Frau Felgentreff besuchen, um bei einem feinen Stück Torte über die problematische Situation in der Klasse 4a zu sprechen. Vielleicht hatte er ja noch eine gute Idee oder einen Ratschlag. Danach hatte Frau Felgentreff ihn gefragt.

Wenn sie ganz ehrlich war, freute sie sich sehr auf Herrn Heckmanns fröhliches Lachen in ihrem Wohnzimmer.

KAPITEL 4 –
spielt im Laden von Herrn Mansur

Herr Mansur ordnete gerade Orangen zu einem beeindruckenden Turm, als Junis in seinen Laden trat.

»Guten Tag«, sagte Herr Mansur freundlich. »Kann ich dir behilflich sein?«

»Ich hätte gerne Milch und irgendwelche Kekse, bitte«, antwortete Junis.

Herr Mansur stand auf einem Hocker vor der Pyramide aus Orangen. Vorsichtig legte er die letzte auf die Spitze.

»Wie soll man sich denn nun eine Orange nehmen?«, fragte Junis. »Oben kommt man nicht heran, und wenn man unten eine wegnimmt, kracht alles zusammen.«

Herr Mansur lächelte, was man aber hinter seinem riesigen Schnauzbart kaum sah. »Möchtest du denn eine Orange?«, fragte er.

Junis schüttelte den Kopf.

»Na also«, sagte Herr Mansur. »Die Pyramide sieht doch schön aus, nicht wahr?«

»Sehr schön sogar«, gab Junis zu.

»Manche Sachen sind vielleicht nicht besonders praktisch,

machen aber große Freude«, sagte Herr Mansur und stieg vom Hocker.

»Da haben Sie recht, Herr Mansur«, sagte jemand hinter ihnen.

»Oh, Fräulein Teetee, wie schön, Sie zu sehen.«

Dieses Mal sah man das Lächeln des Ladenbesitzers sehr deutlich. Die Enden seines Bartes führten einen regelrechten Tanz auf.

Herr Mansur mag die Dame Teetee sehr gerne, dachte Junis. Vielleicht ist er sogar ein wenig in sie verliebt. Obwohl Junis nicht viel davon verstand, fand er es sehr beruhigend, dass so etwas wie Liebe wohl überall und jederzeit passieren konnte. Auch wenn man ganz woanders oder schon alt war.

»Habt ihr euer neues Zuhause schön eingerichtet?«, fragte Teetee Junis.

»Die Wohnung war doch schon fertig«, murmelte er.

»Verstehe«, sagte Teetee. »Aber sie ist noch kein Zuhause.«

Junis schüttelte den Kopf. Da hatte er das Gefühl, ein vielstimmiges leises Piepsen zu hören. Wo kam das denn her? Er schaute sich um. Doch in Herrn Mansurs Laden konnte man weder Hühner noch Singvögel oder Sittiche und auch keine Tauben kaufen.

»Hier ist die Milch«, sagte Herr Mansur und stellte eine Flasche auf die Theke.

Er legte einen Karton dazu, der aussah, als enthielte er allerfeinste Trüffelpralinen. Er war schokoladenbraun und hatte eine goldene Verzierung.

»Und das hier sind die Kekse. Aber nicht irgendwelche, sondern sehr köstliche. Niemand sollte jemals nur irgendwelche Kekse essen.«

»Danke schön«, sagte Junis.

In seinem Bauch zwickte es kurz. Die Kekse kannte er gut. Die gab es bei Oma auch immer. Er bezahlte und verstaute die Sachen in seinem Beutel.

»Darf ich dich zu einer Tüte Pistazien einladen?«, fragte Teetee.

»Gerne«, sagte Junis.

Sie setzten sich vor dem Laden auf eine Bank mit bunten Sitzkissen. Herr Mansur brachte eine große Kanne mit süßem Pfefferminztee und drei Gläser. Teetee legte die Tüte mit Pistazien dazu, die sie eben gekauft hatte. Für eine Weile hörte man nur ein leises Schlürfen und das Knacken von Schalen.

»Die Kinder hier im Viertel sind alle sehr liebenswert. Auch wenn das manche von ihnen gar nicht wissen«, sagte Teetee irgendwann, obwohl gar keiner danach gefragt hatte. Jedenfalls nicht laut.

»Es ist trotzdem komisch, wenn man in eine neue Schule geht«, sagte Junis. »Morgen ist nämlich mein erster Tag in der Goetheschule.«

»Das stimmt«, sagte Teetee. »Leicht ist so ein erster Tag nie.«

Für einen winzigen Moment verschwand ihr Lächeln und machte einem bekümmerten Gesichtsausdruck Platz.

»Es ist oft eine schöne Idee, wenn man einen Kuchen zum Einstand mitbringt«, überlegte sie dann laut.

»Mama kann nicht backen«, erzählte Junis. »Sie kann auch nicht kochen. Mama ist überhaupt keine Hausfrau, sondern eine gelehrte Schriftstellerin. Wir hatten immer einen Koch und ein Hausmädchen, das alles aufräumte.«

»Aha, so ist das«, sagte Teetee.

Gedankenverloren begann sie in ihrer Tasche zu kramen. Als sie ihre Hand wieder herauszog, hielt sie darin ein kleines Notizbuch.

»Na, so ein Zufall. Das hier ist das Notizbuch meiner Freundin, einer weltbekannten Köchin. Es ist voller geheimer Rezepte.«

Teetee blätterte ein wenig in den handbeschriebenen Seiten.

»Sogar mit richtig schönen Zeichnungen«, stellte Junis fest.

»Ist es nicht zauberhaft?«, sagte Teetee lächelnd. »Und die Rezepte sind köstlich. Hier zum Beispiel steht ganz genau, wie man das beste Baklava macht.«

»Meine Oma macht das beste Baklava«, murmelte Junis.

Er hatte kurz den köstlichen Geschmack der süßen Blätterteigröllchen mit Pistazienfüllung im Mund. Wie gerne würde er jetzt eines davon essen. Junis seufzte sehnsüchtig, als er an den schattigen Olivenhain hinter Omas großem Haus dachte.

Teetee schaute ihn lächelnd an. Noch immer hielt sie das kleine Notizbuch aufgeschlagen in ihrer Hand. Die Zeichnung neben dem Rezept war wirklich sehr schön.

»Vielleicht könnte ich ja backen. So schwer kann das doch nicht sein, oder? Darf ich mir das Rezept abschreiben?«, fragte Junis.

Teetee reichte ihm das Notizbuch. »Ich leihe es dir gerne aus. Aber sei bitte vorsichtig damit. Es ist einzigartig.«

»Versprochen«, sagte Junis. »Wir können uns ja morgen hier zur selben Zeit treffen. Dann gebe ich Ihnen das Notizbuch zurück.«

»Sehr gerne. Aber lieber erst übermorgen«, sagte Teetee. »Ich glaube, morgen habe ich keine Zeit.«

Als Junis mit seinen Einkäufen für das Baklava gegangen war, blieb Teetee noch ein Weilchen sitzen. Herr Mansur gesellte sich wieder zu ihr. Beim Hinsetzen stöhnte er ein wenig.

»Manchmal muss man den Dingen einfach ihren Lauf lassen«, sagte er dann, als wollte er einen Punkt hinter einen Gedanken setzen.

»Das ist richtig, Herr Mansur«, sagte Teetee und wartete einen Moment.

Aber Herr Mansur erklärte nicht genauer, was er gerade gemeint hatte. Sie leerten gemeinsam die Kanne Pfefferminztee, knabberten ein paar Pistazien und schwiegen miteinander.

Da kam Frau Felgentreff auf den Laden zugelaufen.

»Kundschaft«, murmelte Herr Mansur und schickte sich an aufzustehen.

»Bleiben Sie ruhig sitzen, Herr Mansur. Ich brauche nur einen Karton Eier«, sagte Frau Felgentreff.

»Eier sind aus«, brummte Herr Mansur.

»Sie haben keine Eier mehr?«, fragte Frau Felgentreff erschrocken.

»Ja, so kann man es sagen. Ich habe keine Eier mehr«, antwortete Herr Mansur mit einem seltsamen Unterton. »Gestern hatte ich noch sehr viele.«

»Was ist denn passiert?«, fragte Teetee.

»Kommen Sie mit, ich zeige es Ihnen«, knurrte Herr Mansur und ging voran in seinen Laden.

Teetee und Frau Felgentreff folgten ihm. Herr Mansur öffnete eine kleine Tür. Dahinter standen viele Kisten und Kästen, zwei große Kühltruhen, Säcke voller Linsen und Bohnen, Kaffee- und Teetüten und große Stapel Honigkonfekt.

»Um Gottes willen«, riefen Teetee und Frau Felgentreff im Chor.

»Das können Sie laut sagen«, sagte Herr Mansur und hängte noch einen tiefen Seufzer dran.

An normalen Tagen war der Raum das Lager des Ladens. Doch gerade war er ein Hühnerstall.

»Sie sind ausgeschlüpft!«, rief Teetee.

»Ja«, brummte Herr Mansur.

Er spürte wieder den Ärger aufkeimen, der ihm den ganzen Vormittag verdorben hatte. Obwohl er zur Beruhigung die Orangenpyramide gebaut hatte. Es war eben nicht immer so einfach, den Dingen ihren Lauf zu lassen.

»Aus jedem einzelnen Ei kam heute Nacht ein kleines Küken. Nun schauen Sie sich das an!«

Frau Felgentreff und Teetee schauten. Zwischen den Kisten, neben den Kästen, auf den Säcken und unter den Tüten hüpften kleine gelbe Federbälle herum oder kuschelten sich irgendwo zusammen.

»Was machen Sie denn jetzt, Herr Mansur?«, fragte Frau Felgentreff.

Herr Mansur zuckte mit den Achseln. »Ich habe absolut keine Ahnung.«

»Aber ich«, sagte Teetee und stellte ihre Tasche ab. »Ich habe einen Freund, der eine Hühnerfarm bewirtschaftet. Dem bringe ich die Küken. Zum Dank gibt er mir sicher frische Eier für Sie, Herr Mansur.«

»Aber dafür müssten wir sie erst einmal alle einfangen«, sagte der Ladenbesitzer.

»Das wird bestimmt keine leichte Aufgabe«, befürchtete Frau Felgentreff und damit hatte sie völlig recht.

Es dauerte über eine Stunde, bis sie die herumhüpfenden Küken alle in einen großen Karton gesetzt hatten. Herr Mansur holte einen Bollerwagen aus dem Keller, damit Teetee den piepsenden Karton wegbringen konnte.

»Auf Wiedersehen«, rief Herr Mansur den beiden Frauen nach. »Es tut mir leid, dass ich keine Eier für Sie hatte.«

»Das macht nichts«, antwortete Frau Felgentreff. »Auf Wiedersehen, Herr Mansur.«

»Möchten Sie vielleicht eines der Küken behalten?«, fragte

Teetee Frau Felgentreff an der Kreuzung, an der sich ihre Wege trennten.

»Sie sind schon sehr süß«, antwortete diese. »Aber was soll ich denn mit einem Huhn?«

»Es könnte in Ihrer Küche wohnen und Ihnen jeden Tag ein Ei legen.«

»Und wenn es ein Hahn wird?«, fragte Frau Felgentreff.

»Dann geben Sie ihn mir später zurück und ich bringe ihn auf einen Bauernhof.«

»Er könnte allerdings auch auf dem Schulhof herumspazieren und den Unterrichtsbeginn bekrähen«, überlegte Frau Felgentreff.

»Eine wunderbare Idee!«, rief Teetee und klatschte in die Hände.

Dann öffnete sie vorsichtig den Karton und holte einen der puscheligen Federbälle heraus. Frau Felgentreff nahm das kleine Küken behutsam in ihre Hand. Dort hockte es und piepste leise.

»Herzlichen Dank und bis ganz bald«, sagte Frau Felgentreff.

»Da fällt mir etwas ein!«, rief Teetee und griff in ihre Tasche. »Ich hätte doch noch ein Ei für Sie.«

»Ein Ei wäre ein bisschen wenig für eine ganze Torte«, sagte Frau Felgentreff bedauernd. »Außerdem ist es nun zu spät zum Backen. Ich brauche keine Eier mehr.«

»Dieses aber vielleicht schon. Bitte schön.«

Teetee hielt der Lehrerin das größte Ei hin, das diese je gesehen hatte.

»Ein Straußenei!«, rief Frau Felgentreff überrascht. »Wo haben Sie das denn her?«

»Ach, das ist eine lange Geschichte«, sagte Teetee. »Nehmen Sie es ruhig.«

Obwohl sie gar nicht wusste, wofür, nahm Frau Felgentreff das Straußenei in die andere Hand.

Zum Backen blieb tatsächlich keine Zeit mehr, zumindest nicht für Frau Felgentreff. Als sie zu Hause ankam, stand Herr Heckmann schon vor ihrer Tür.

»Entschuldigen Sie bitte, dass ich zu spät bin«, murmelte sie.

»Das macht doch nichts. Wie ich sehe, waren Sie sehr beschäftigt.«

Herr Heckmann deutete auf das Küken in Frau Felgentreffs linker Hand, dann auf das riesige Straußenei in ihrer rechten. Schließlich zog er zwei winzige gelbe Federn aus ihrem Haar.

»Das stimmt«, sagte sie verlegen. »Wären Sie so nett, kurz das Küken zu halten, damit ich die Tür aufschließen kann?« (Frau Felgentreff war nämlich Linkshänderin.)

Etwas später teilten sie sich eine große Pfanne voller Rührei. Herr Heckmann erzählte von Südafrika, wo er mal auf einem Strauß geritten war.

»Da würde ich auch gerne einmal hinfahren«, sagte Frau Felgentreff träumerisch.

Herr Heckmann lächelte.

KAPITEL 5 –
ist voller Honig und Pistazien und trotzdem traurig

Cosmo war bis oben hin voll schlechter Laune. Er hatte verschlafen und darum nicht mehr frühstücken können. Seine Socken waren so verknäult aus dem Trockner gekommen, dass er einen regelrechten Kampf mit ihnen hatte ausfechten müssen, bis sie glatt an seinen Füßen lagen. Sein Lieblingsshirt hatte einen riesigen Fleck und die anderen waren in der Wäsche. Darum trug er nun eines, das er überhaupt nicht mochte und das ihm schon viel zu klein war. Um das Pech noch schwärzer zu machen, hatte er sein Pausenbrot vergessen. Hoffentlich hatte Stulle ein leckeres Brot dabei.

Gerade lief Cosmo am Eckladen vorüber. Die Tür stand offen. Cosmo hatte kein Geld, um etwas zu kaufen. Er hatte sowieso noch nie etwas in diesem Laden gekauft. Es roch so komisch daraus. Wie Suppe mit Plätzchen.

Er hatte schon jetzt großen Hunger. Das half auch nicht unbedingt, seine Laune zu verbessern. Im Gegenteil. Cosmo erkannte im Inneren des Ladens eine Pyramide aus Orangen. Er schaute sich schnell um. Niemand war in der Nähe.

»Ist da jemand?«, rief er hinein.

Keiner antwortete. Leise schlich Cosmo zur Pyramide, duckte sich flink und zog eine der untersten Orangen heraus.

Dann rannte er, so schnell er konnte, davon.

Junis stand mit dem großen, silbernen Tablett voller Baklava vor der Klasse und kam sich ein bisschen doof vor.

»Hey«, sagte er.

Einige in der Klasse lachten. Junis schluckte und fing noch mal von vorne an.

»Hallo, ich bin Junis«, sagte er. »Meine Eltern und ich sind neu in der Stadt. Ich habe euch zur Begrüßung etwas aus meiner Heimat mitgebracht.«

Er stellte das schwere Tablett auf den Tisch vor sich. Auf der anderen Seite saß Cosmo. Dem ließ der köstliche Duft sofort das Wasser im Mund zusammenlaufen und das ärgerte ihn. Er wollte den Neuen nicht nett finden und auch keines seiner komischen Röllchen essen.

»Herzlich willkommen, lieber Junis«, sagten alle im Chor.

Das hatte Frau Felgentreff gestern mit den Kindern geübt. Jetzt war sie sich aber nicht mehr sicher, ob das wirklich so nett klang, wie sie es gemeint hatte.

»Warum kannst du so gut Deutsch?«, fragte Stulle.

»Von meinen Eltern, die haben beide in Berlin studiert. Außerdem habe ich im letzten Jahr viel gelernt. Vor allem, weil ich zu Hause nur Deutsch sprechen darf«, antwortete Junis und drehte die Augen ein wenig gen Decke.

»Deine Eltern sind wohl streng, oder?«, fragte Bene mitfühlend.

Junis lächelte Bene an. »Sie sind die strengsten Eltern der Welt.«

»Willkommen im Club«, murmelte Bene.

Junis nahm das Tablett und bot jedem Kind an, sich einen der köstlichen Kuchen zu nehmen. Alle griffen eifrig zu.

»Danke, ich esse keine Süßigkeiten«, sagte Cosmo, als Junis schließlich wieder vor ihm stand.

»Spinnst du? Seit wann das denn?«, fragte Stulle und starrte Cosmo an, als wäre er meschugge.

Cosmo zuckte die Achseln, dabei schielte er auf die Pistazienröllchen. Drei waren noch übrig.

»Dann nehme ich mir deines«, sagte Stulle kurzerhand und griff erneut zu.

Junis blieb noch eine Weile mit dem Tablett vor Cosmo stehen und grinste ihn an. Obwohl ihm das immer schwerer fiel. Der dicke Junge in dem engen T-Shirt sah nicht so aus, als würde er keine Süßigkeiten essen. Also musste er einen anderen Grund haben, dass er nichts nehmen wollte. Junis ahnte, was dieser Grund sein könnte. Er war ja nicht erst seit gestern in Deutschland.

»Magst du keine Pistazien?«, fragte er ihn trotzdem so freundlich, wie er konnte.

Cosmo schnaufte nur und schaute extra weg. Junis schluckte schwer. Am liebsten hätte er die letzten Kuchen in den Müll geschmissen. Schließlich kam Frau Felgentreff zu ihnen.

HA: S. 164 / A. 4a.
7c

»Cosmo«, sagte sie mit sanfter Stimme. »Es ist unhöflich, wenn man ein Einstandsgeschenk ablehnt. Du magst Kuchen doch sehr gerne, nicht wahr? Und das Baklava sieht köstlich aus.«

Cosmo schaute unsicher zu ihr auf, dann auf die verbliebenen zwei Röllchen. Sein Magen knurrte wie ein kleiner Bär.

»Du darfst dir gerne die beiden letzten nehmen«, sagte Junis und hielt ihm noch einmal das Tablett hin.

»Unhöflich will ich ja nicht sein«, brummte Cosmo.

Dann nahm er sich die kleinen Kuchen. Gierig biss er hinein.

»Lecker«, sagte er mümmelnd.

Junis grinste. »Ja, die sind mir echt gut gelungen. Wer hätte das gedacht.«

»Die hast du selbst gemacht?«, fragte Stulle.

Junis nickte. »Verrückt, oder? Dabei kann ich gar nicht backen.«

»Nicht reinbeißen!«, rief da plötzlich jemand panisch.

Alle erstarrten und schauten sich um.

»Ich meine doch nur Saha«, stöhnte Sara auf.

»Warum darf ich denn nicht in meinen Kuchen beißen?«, fragte Saha verwundert.

»Hallooo? PrincessSaha!«, erwiderte Sara aufgeregt.

»Oh«, machte Saha.

»Frau Felgentreff, darf ich mein Smartphone anschalten und ein Foto von unseren Kuchen machen? Für Instagram«, rief Sara durch das Klassenzimmer.

»Ausnahmsweise«, antwortete Frau Felgentreff.

Sie war sich nicht sicher, ob das gerade pädagogisch wertvoll gewesen war. Vor allem wegen dieses Instagram, auf dem sie selbst zwar kein Account hatte, von dem sie aber wusste, dass man älter als zwölf Jahre sein musste, um dort überhaupt Fotos zeigen zu dürfen. Aber sie wollte jetzt nicht mit Sara diskutieren. Das kleine Lächeln, das sie eben in Cosmos Mundwinkel entdeckt hatte, stimmte sie hoffnungsfroh, und dieses Gefühl wollte sie sich nicht zerstören lassen.

»Toll«, meinte Sara und fotografierte das Gebäck von allen Seiten.

Der Vogel auf dem Fahrradhelm gestern hatte zwölf Likes bekommen. Und diese wunderbaren Röllchen würden noch viel mehr bringen. Sie waren auf dem richtigen Weg.

In der Pause standen die Kinder im Hof um Junis herum. Sie hatten viele Fragen.

»Nein«, sagte Junis gerade und schüttelte den Kopf. »Es war nicht gefährlich. Nicht für uns. Wir sind nicht richtig geflohen, mit einem Boot oder so. Wir sind mit dem Flugzeug hierhergeflogen.«

»Seid ihr reich, oder was?«, fragte Cosmo.

Junis lächelte unsicher. Die Frage des Jungen klang wie eine Anklage. Außerdem war sie ihm sowieso peinlich. Denn seine Familie hatte wirklich viel Geld. Sehr viel Geld. Und die großen Olivenhaine hinter Omas Haus. Das auch nicht nur ein Haus war, sondern eine wunderschöne Villa.

»Nur ein bisschen«, murmelte er. »Wir haben erst in einem Hotel gewohnt und später bei Freunden unserer Eltern.«

»Dann war das bei euch ja ganz anders als in den schrecklichen Geschichten, die man sonst so hört«, sagte Bene.

Junis nickte. »Das alles ist trotzdem supertraurig. Meine Eltern haben beschlossen, dass wir unsere Heimat verlassen, weil sie sich große Sorgen um mich machten. Sie hatten Angst, dass ich nicht mehr sicher war. Wir haben unser Haus, meine Schule, all meine Freunde, meine Verwandten und vor allem meine Oma verlassen. Ich vermisse sie so sehr.«

»Vermissen kenne ich gut«, murmelte Saha.

Junis und Saha lächelten sich an. Es war ein trauriges Lächeln. Aber auch eines, das ein klein wenig tröstete.

»Bleibt ihr denn jetzt für immer in Deutschland?«, fragte Stulle.

»Bestimmt nicht«, antwortete Junis heftig. »Zu Hause ist es viel schöner als hier.« Dann schaute er sich entschuldigend um. »Also, ich meine, für mich. Es ist doch meine Heimat.«

»Klar, das ist logisch«, sagte Lene.

»Mein Vater hat einen Auftrag für ein Forschungsprojekt an der Universität«, fuhr Junis fort. »Das dauert drei Jahre. Mama will so lange ein Buch schreiben. Dann gehen wir bestimmt wieder zurück.«

»Aber nur, wenn bis dahin in eurem Land alles wieder friedlich und sicher ist«, sagte Saha.

Alle Kinder nickten. Frieden und Sicherheit waren das Allerwichtigste.

»Ist eure Stadt vom Krieg zerstört?«, fragte Bene.

»Nein«, sagte Junis. »Sie ist einer von ganz wenigen Orten, der nicht zerbombt wurde.«

»Manche Erwachsene sind so unglaublich blöd. Erst bauen sie etwas auf und dann zerballern sie es wieder«, sagte Stulle.

Er sagte es heftiger, als er wollte. Aber er hatte plötzlich eine große traurige Wut in sich.

»Die Erwachsenen führen Kriege und keiner fragt die Kinder«, murmelte Sara.

Stulle schaute sie überrascht an. Er hatte nicht vermutet, dass Sara mal an irgendetwas anderes dachte als an ihr blödes Instagram.

»Vielleicht hatten die ja niemals jemanden, der sie lieb gehabt hat«, brummte Cosmo.

Es sah fast so aus, als hätte Cosmo Tränen in den Augen. Obwohl das eigentlich nicht sein konnte. Dieser dicke freche Kerl weint bestimmt nie, dachte Junis.

KAPITEL 6 – schmeckt nach Orangen

»Ach, du lieber Himmel, was ist denn hier los?«, rief Teetee.

»Die Orangenpyramide ist auseinandergefallen«, knurrte Herr Mansur.

Er kroch auf allen vieren durch seinen Laden und sammelte die herumgerollten Früchte auf.

»Die kann ich nun nicht mehr verkaufen. Jede einzelne hat eine Delle«, sagte er ärgerlich. »Gestern die Eier und heute die Orangen. Gerade ist wirklich der Wurm drin.«

»Die Pyramide hat aber sehr schön ausgesehen«, sagte Teetee tröstend.

Herr Mansur lächelte etwas bitter. Er wusste noch genau, was er gestern gesagt hatte. Da hatte er es auch ernst gemeint. Aber nun sah die Sache etwas anders aus, und er ärgerte sich, dass er so dumm gewesen war, diese zwar schöne, aber völlig unpraktische Orangenpyramide zu bauen. Obwohl sie ihn erstens von den Küken abgelenkt und zweitens Spaß gemacht hatte.

»Gibt dir das Leben Zitronen, mach Limonade draus«, sagte Teetee fröhlich. »Das funktioniert auch mit Orangen.«

Sie stellte ihre Tasche ab und hockte sich zu Herrn Mansur auf den Boden. Gemeinsam sammelten sie die leuchtenden Früchte in große Obstkartons.

»Wie meinen Sie das?«, fragte Herr Mansur.

»Heute gibt es frisch gepressten Orangensaft für alle«, sagte Teetee. »Hatten Sie nicht mal eine Orangensaftpressmaschine im Laden?«

Herr Mansur richtete sich auf.

»Das stimmt!«, rief er aufgeregt. »Die muss irgendwo im Lager stehen.«

Schon war er in der Tür verschwunden, hinter der sich gestern noch ein Hühnerkindergarten befunden hatte.

»Ich kann sie nicht finden«, hörte Teetee es einige Momente später aus dem Lager rufen.

»Das wäre aber schade«, murmelte sie. »Denn diese hier ist doch etwas ungeeignet.«

Sie schaute auf die kleine Presse in ihrer Hand. Damit hätte man bequem sechs oder sieben Orangen auspressen können, aber keine ganze Pyramide.

»Hach! Ich habe sie!«, rief da Herr Mansur freudig.

»Wunderbar«, sagte Teetee und steckte die kleine Presse wieder in ihre Tasche zurück.

»Was meinen Sie, für wie viel wir ein Glas Saft verkaufen können?«, fragte Herr Mansur, als er schwer schleppend wieder zurückkam.

»Wir verkaufen den Saft nicht, wir verschenken ihn«, bestimmte Teetee.

»Aber …«, begann Herr Mansur.

Beinahe wäre ihm die schwere Presse aus den Händen gefallen. Er sollte den Saft verschenken? Er hatte doch die extrasüßen, extrasaftigen und extrateuren Orangen aus der Markthalle mitgebracht.

»Da fällt mir etwas ein«, sagte Teetee und griff in ihre Tasche. »Bitte schön.«

Sie drückte Herrn Mansur einen knisternden Umschlag in die Hand.

»Was ist das?«, fragte er.

»Für die Küken. Eier waren leider ausverkauft«, meinte Teetee lächelnd.

Herr Mansur schaute in den Umschlag.

»Oh, das ist ja …«, rief er freudig. »Das ist sehr viel.« Es war sogar viel zu viel, wie Herr Mansur sehr genau wusste.

Teetee nickte lächelnd. »Stecken Sie es weg, und lassen Sie uns anfangen, die Orangen auszupressen. Die Schule ist bald aus und dann kommen die Kinder hier vorbei. Bis dahin müssen wir fertig sein.«

Sie schafften es, alle Orangen bis zum Schulgong zu versaften. Als die Kinder einige Minuten danach mit ihren großen Ranzen auf den Rücken um die Ecke bogen, wehte ihnen ein Duft entgegen, der nach Sommer, Frische und guter Laune roch.

»Kommt alle herbei und gafft, die seltsame Teetee verkauft Saft«, brummte Cosmo.

»Alter, deine Reime sind manchmal wirklich schwer zu ertragen«, erwiderte Stulle.

»Was soll das denn heißen?«, fragte Cosmo aufbrausend. Dabei wusste er es ja selbst.

Stulle zuckte nur die Schultern.

»Wer möchte einen frisch gepressten Orangensaft?«, rief Teetee ihnen entgegen.

Cosmo senkte den Kopf und lief einfach weiter. Er wusste, warum es heute in Herrn Mansurs Laden frisch gepressten Orangensaft gab.

»Seit wann verkauft die merkwürdige Teetee bei Herrn Mansur im Laden?«, fragte Sara.

Dann machte sie schnell ein Foto von dem hübschen Saftstand unterm Sonnenschirm. Teetee sah ganz anders aus als sonst. Sie hatte ihren Mantel ausgezogen und trug eine bunte Küchenschürze.

Saha sah sich nach ihrer Tasche um, doch die war nicht zu entdecken.

»Er kostet nichts«, sagte Herr Mansur und goss aus großen Tonkrügen Saft in die Becher.

Die Kinder bedienten sich.

»Danke schön«, sagte Saha. »Das ist sehr nett.«

»Gern geschehen«, meinte Herr Mansur schmunzelnd.

Seitdem ihm Teetee den knisternden Umschlag gegeben hatte, machte die ganze Saftsache ihm große Freude. Es machte ihn sogar richtig glücklich, wie sehr es den Kindern schmeckte.

»Hey du!«, rief er Cosmo nach. Der hatte schon fast die nächste Ecke erreicht. »Möchtest du denn keinen Saft? Er ist wirklich köstlich. Und gesund.«

Cosmo blieb unschlüssig stehen und schaute zum Laden. Die anderen sahen so aus, als hätten sie Spaß. Dieser Junis winkte ihm zu. Cosmos Faust zuckte nach oben. Dann öffnete sie sich. Ohne dass Cosmo es wollte, winkte er zurück.

»Saftladen«, murmelte er trotzdem leise. Zum Ausgleich sozusagen.

Aber dann lief er doch zurück. Die seltsame Teetee erwartete ihn mit ihrem komischen Lächeln und einem vollen Becher.

»Danke«, presste er heraus.

Der Orangensaft war frisch, orangig und kein bisschen bitter. Tausendmal besser als der aus dem Tetrapack, den seine Mutter im Supermarkt kaufte. Cosmo hatte das Gefühl, noch nie so einen guten Saft getrunken zu haben.

»Was für ein Glück, dass heute Morgen die Orangenpyramide zusammengebrochen ist, nicht wahr?«, sagte Teetee.

»Mhm«, brummelte Cosmo, schaute die alte Frau aber nicht an.

»Da fällt mir ein, ich habe noch etwas für dich«, sagte Teetee und bückte sich.

Wieso hat die Alte was für mich?, dachte Cosmo. Plötzlich hatte Teetee ihre Tasche in der Hand. Saha wunderte sich. Wo hatte sie die auf einmal her? Teetee griff hinein und zog ein kleines Büchlein hervor. Das hielt sie Cosmo hin.

»Bitte schön.«

»Was ist das? Was soll ich damit?«, fragte Cosmo und schielte darauf.

»Das ist ein Buch, das sollst du lesen, Alter«, erklärte Stulle.

»Ich lese keine Bücher«, knurrte Cosmo.

»Es ist ein Reimlexikon«, sagte Teetee freundlich. »Du reimst doch gerne, nicht wahr?«

Cosmo spürte, dass seine Ohren mal wieder heiß wurden.

»Hehe«, meinte Stulle grinsend. »Das stimmt. Und er könnte ein wenig Nachhilfe gebrauchen.«

»Stulle!«, brach es aus Cosmo heraus. Dass er gerne dichtete, war eigentlich sein Geheimnis. Nur die gereimten Sprüche, von denen er dachte, dass sie ziemlich cool wären, gab er gerne mal zum Besten. Er spürte seine Faust, die sich in der Hosentasche ballte. Stulle war ganz klar zu weit gegangen. Das merkte der in dem Moment auch.

»Sorry, tut mir leid, Cosmo«, sagte Stulle leise und legte seine Hand auf Cosmos Faust in der Tasche.

Lene lächelte Cosmo an. »Du kannst mit dem Lexikon bestimmt ein richtig schönes Gedicht dichten. Alle großen Dichter benutzen so etwas.«

Und obwohl Cosmo eigentlich noch immer ziemlich wütend auf Stulle war, lächelte er zurück und steckte das Reimlexikon schnell in seinen Ranzen.

KAPITEL 7 –
zwitschert wie ein Vogel

Am nächsten Nachmittag hatte Lene es sich auf ihrer Lieblingsparkbank gemütlich gemacht. Sie las in dem Buch, das sie vorhin aus der Bibliothek geholt hatte. Neben ihr auf der Parkbank standen eine Flasche Limonade und eine Packung Kekse. Lene hatte die beiden Sachen völlig vergessen. Sie war so in das Abenteuer im Buch vertieft, dass sie auch Stulle nicht sah, als der an ihr vorüberlief.

Sein Hallo war dermaßen leise, dass es nicht einmal eine Fledermaus gehört hätte. Wahrscheinlich hatte er es nur gedacht. Stulle lief weiter bis zur übernächsten Bank. Dort setzte und ärgerte er sich, weil er nicht lauter Hallo zu Lene gesagt hatte. Das Buch hatte er sofort erkannt. Erst gestern hatte er es in die Bibliothek zurückgebracht.

Ein Stück weiter in die andere Richtung erblickte er den Obdachlosen mit den abstehenden weißen Haaren. Er lag unter einer Bank und schlief tief und fest. Stulle hatte mal gesehen, dass der Obdachlose einen Rechenschieber besaß. Der steckte zusammen mit einem Bleistift und einem Lineal in der Brusttasche seines schmutzigen Hemdes.

Seitdem fragte er sich, was der zerlumpte Mann wohl damit machte.

Stulle schaute wieder zu Lene rüber. Sie hatte sich keinen Millimeter bewegt. Er wusste, warum. Das Buch war unheimlich spannend.

Da kam Teetee des Wegs. Wie immer hatte sie ihre große Tasche dabei.

»Viel Spaß am Strand«, sagte sie lächelnd zu Stulle.

»Danke«, murmelte er bedrückt.

Teetee blieb stehen und drehte sich zu ihm um. »Ich habe eine Verabredung zum Picknick mit Herrn Obermayer. Hättest du Lust, mit uns zu speisen?«

»Ich kenne doch Herrn Obermayer gar nicht«, sagte Stulle. (Eigentlich kannte er ja auch die alte Teetee nicht wirklich. Sie war gestern, als sie den Saft ausgeschenkt hatte, sehr nett gewesen. Aber trotzdem. Er aß nicht gerne mit fremden Leuten.)

»Interessant«, sagte Teetee lächelnd. »Ich dachte doch tatsächlich, alle würden Herrn Obermayer kennen. Er liegt doch gleich da vorne.«

Stulle starrte sie an. Teetee wollte mit dem dreckigen Mann, der unter der Parkbank schlief, ein Picknick machen! Sie war ja noch merkwürdiger, als er gedacht hatte.

Teetee lächelte. »Ihr würdet euch wirklich gut verstehen. Herr Obermayer redet zwar nicht viel, aber er ist so ein belesener Mann.«

Stulle wollte sich gar nicht gut mit Herrn Obermayer verstehen. Im Gegenteil. Er fand es sehr unangenehm, dass der immer unter der Bank lag. Das war doch irgendwie peinlich, wenn einer in aller Öffentlichkeit sein Nickerchen hielt. Allerdings hatte Stulle sich auch schon gefragt, ob Herr Obermayer einfach keinen anderen Platz hatte, wo er sich mal hinlegen konnte, wenn er müde war.

»Ach, ich habe da etwas für dich.«

Teetee griff in ihre Tasche. Stulle spürte sein Herz schneller schlagen. Er hatte zwar öfter beobachtet, wie die merkwürdige Frau den Menschen etwas aus ihrer Tasche gab. Aber er selbst hatte noch nie etwas bekommen. Vor Aufregung rutschte er fast von der Bank.

»Bitte schön.«

Teetee legte ihm ein kleines, halbrundes Ding mit einer Zackenkante aus Papier und einer aus Metall in die Hand. Stulle hatte so etwas noch nie gesehen.

»Was ist das?«, fragte er etwas enttäuscht.

»Du wirst schon sehen«, sagte Teetee und lächelte geheimnisvoll. »Du legst es auf deine Zunge und pustest ganz sachte Luft darüber. Viel Spaß und auf Wiedersehen.«

Sie lief weiter zu ihrer Picknickverabredung mit Herrn Obermayer. Stulle sah, dass der inzwischen aufgewacht war, seine Hose hochzog und sich hektisch durch die verstrubbelten Haare strich. Als ob das irgendetwas nützen würde.

Er blickte auf das kleine Ding in seiner Hand. Dann legte er es vorsichtig auf seine Zunge. Dort klebte es fest und schmeckte nach Staub und Alufolie. Stulle hauchte etwas

Atem von hinten nach vorne. Nichts passierte. Er hauchte etwas stärker. Da sang plötzlich ein Vogel. Beinahe hätte er sich überrascht umgeschaut. Dann erst kapierte er, dass er das Vöglein war. Tschieb-Tirili-Tschörö-Flühüü.

Die kleine Vogelstimmenpfeife ließ Stulle alles um sich herum vergessen. Ihm war klar, dass das Papier sich langsam auflösen und nicht ewig halten würde. Aber solange das möglich war, wollte er ein Vogel sein. Er lief ein Stück über die Wiese und kletterte auf den dicken Ast des Baumes, der dort stand. Von oben ließ Stulle die Beine baumeln und zwitscherte vor sich hin.

Nach einer Weile merkte er, dass jemand unter ihm stand. Als er hinabschaute, blickte er direkt in Lenes braune Augen. In denen tanzte ein Lachen.

»Ich wollte mal gucken, welcher besondere Vogel hier singt«, sagte sie leise.

Stulle spuckte das völlig durchgeweichte Vogelstimmenpfeifchen aus.

»Bin nur ich«, sagte er.

Dann grinste er Lene unsicher an.

Cosmo saß zu Hause an seinem Schreibtisch. Er klemmte die Zunge fest zwischen die Zähne. Aber leider half das nicht so richtig viel. Auch das blöde Reimlexikon brachte gar nichts. Obwohl es schuld daran war, dass er hier saß und sich den Kopf zerbrach, anstatt draußen irgendwas mit Stulle zu machen.

Doch es sollte dieses Mal ein richtiges Gedicht werden. So wie Lene es gesagt hatte. Mit mindestens drei Strophen. Bisher hatte er aber leider erst drei Zeilen. Die letzte endete auf Lene. Blöderweise fiel ihm dazu nun kein anderer Reim ein als Bene. Cosmo schaute ins Reimlexikon. Szene stand dort. Und Vene. Aber was für einen Vers sollte er aus einer Blutbahn machen?

»Ich seh die schöne Lene, Liebe fließt durch meine Vene«, murmelte er und begann, leise vor sich hin zu zu kichern. So ein Unsinn!

»Erwin!«, brüllte es da aus dem Wohnzimmer.

Sein Vater würde niemals Cosmo zu ihm sagen.

»Geh mal in den Supermarkt und hol mir eine Leberwurst, Senf und saure Gürkchen!«

Cosmo seufzte. Er mochte es nicht, wenn sein Vater brüllte. Er hätte doch genauso gut aufstehen, seine Kinderzimmertür öffnen und ihn mit normaler Stimme fragen können. Vielleicht sogar mit einem Bitte im Satz. Dann würde es sich auch nicht so blöd anfühlen, alles zu unterbrechen und sofort zum Supermarkt zu laufen. Aber sein Vater brüllte. Weil er nicht vom Sofa aufstehen wollte. Weil der Fernseher so laut war.

Cosmo nahm das Geld aus der Haushaltsdose, zog seine Schuhe an und machte sich auf den Weg.

Zum Supermarkt musste er durch den Park. Dort sah er die alte Teetee, die mit dem Obdachlosen auf einer Bank saß. Die beiden balancierten geblümte Porzellantellerchen auf den Knien und aßen mit silbernen Gabeln und Messern Orangenschnitze.

Mit dem Penner würde ich nicht zusammen essen, dachte Cosmo. Er senkte den Kopf und lief schneller. Teetee und der Mann waren in ihr Gespräch vertieft, so dass sie ihn gar nicht kommen sahen.

Worüber die wohl reden?, fragte Cosmo sich. Vielleicht, wo der Penner sich wäscht, wo er kackt oder, besser gesagt, defäziert. Cosmo musste grinsen. Er hatte sich Lenes schwieriges Wort gemerkt. Obwohl er sicher war, dass er es nie benutzen würde. Wer kannte das denn schon? Allerdings hätte er das wirklich gerne gewusst: Wo gingen eigentlich die obdachlosen Penner hin, wenn sie mal richtig aufs Klo mussten?

»Wie läuft es mit der Poesie?«, fragte da plötzlich Teetee.

Sie hatte ihn also doch bemerkt. Cosmo war nun genau auf Höhe der Bank. Er verlangsamte seine Schritte aber nicht, sondern zuckte nur im Vorübergehen die Achseln.

»Gut Ding will Weile haben«, nuschelte der Obdachlose ihm hinterher. »Hauptsache, man gibt nicht auf.«

Da hätte Cosmo beinahe gelacht. Der dreckige Mann sah nicht so aus, als hätte er niemals aufgegeben. Und so einer wollte ihm helfen. Der sollte sich erst mal selber gute Ratschläge geben.

Plötzlich erblickte Cosmo Stulle. Doch sein Ruf erstarb ihm auf den Lippen. Denn Stulle saß mit Lene im Gras. Lene hatte ein Buch in den Händen und las Stulle daraus vor. Stulle grinste wie ein Honigkuchenpferd. Cosmo sah auch eine Flasche Limo und eine Packung Kekse, die sich die beiden teilten.

Beim Weitergehen musste Cosmo die Augen zusammenpressen. Dahinter gab es plötzlich einen Druck.

Fäuste zusammenballen half.

Und schlucken.

Er hatte große Lust, der ganzen Welt eine zu verpassen.

KAPITEL 8 –
ist länger und wird fast schwarz

Saha lag auf ihrem Bett. Das Fenster war weit geöffnet und sie lauschte Benes Spiel. Wie gerne hätte sie auch Klavierspielen gelernt. Eins nach dem anderen, hatte Omi jedoch gesagt. Also musste Saha zuerst richtig blockflöten. Das war das andere.

Sie hörte es an der Wohnungstür klingeln, doch sie blieb einfach liegen. Obwohl sie wusste, dass es Sara war, die da klingelte. Sollte Omi ihr öffnen. Sie wollte noch ein paar Sekunden Benes Klavierspiel zuhören, bevor Sara mit ihrem Geplapper alle anderen Geräusche übertönte.

Sara war sehr aufgeregt, als sie in Sahas Zimmer gestürmt kam.

»Stell dir vor! Zweiundvierzig!«, rief sie.

Saha hatte keine Ahnung, was diese Zahl bedeuten sollte.

»Was meinst du damit?«, fragte sie, während sie versuchte, an Saras Aufregung vorbei zum Fenster hinaus zu lauschen. Sie hatte aber keine Chance.

»Mensch, Saha! Du musst unser Insta echt mal ernster nehmen«, ärgerte sich Sara.

Sie gab sich so viel Mühe mit PrincessSaha. Das Foto von Teetee am Saftstand hatte zweiundvierzig Likes gebracht. Und drei neue Follower. Saha könnte ruhig etwas mehr Begeisterung zeigen, wenn sie schon nicht richtig mitmachte. Denn das hatte Sara schon vor längerer Zeit kapiert. Eigentlich machte sie alles alleine. Sie suchte die Motive, sie fotografierte, sie stellte die Bilder ein, und sie hatte auch die fünf Kommentare beantwortet, die es bisher gab. Dabei würde das Ganze zu zweit viel mehr Spaß machen.

Saha richtete sich endlich auf und Sara ließ sich neben sie auf die Matratze fallen.

»Hier, schau! Was sagst du? Wir sind auf dem besten Weg, richtige Influencer zu werden. Das ist die Zukunft. Wenn wir erst tausend Follower haben oder fünfzigtausend oder eine Million, dann schicken uns alle Firmen ihre Sachen zu. Klamotten und Schminke, Schokoriegel und sogar Smartphones. Wir müssen die dann nur testen und allen zeigen, wie toll wir die Sachen finden. Influencer verdienen viel mehr als Ärzte.«

Sie hielt Saha das Smartphone vor die Nase und plapperte und plapperte. Doch Saha hörte nicht zu und schaute auch nicht auf das Display. Plötzlich schob sie das Smartphone sogar zur Seite. Sie wollte das alles nicht mehr hören. Sara war ihre beste Freundin und sie hatten sehr viele lustige Sachen zusammen erlebt. Früher. Aber seitdem Sara Influencerin werden wollte, machte es keinen Spaß mehr. Alles drehte sich nur noch um PrincessSaha.

Vielleicht waren es die wenigen Töne von Benes Klavierspiel, die noch an ihr Ohr drangen. Vielleicht war es aber auch genau umgekehrt. Sie hatte wegen Sara nicht alles hören können und darüber war sie richtig ärgerlich. Und vielleicht gaben ihr die Töne, die sie verloren hatte, den Mut, endlich einmal zu sagen, was sie wirklich von dieser ganzen Instagram-Geschichte hielt. Nämlich gar nichts.

»Sara!«, unterbrach sie ihre aufgeregte Freundin. »Ich will nicht alles fotografieren, was ich mache und was ich sehe. Das geht niemanden etwas an. Das ist doch mein Leben. Ich finde es total doof, von meinem Kuchen erst ein Foto zu machen, bevor ich reinbeißen darf. Ich will keine Influencerin werden. Ich will kein Instagram-Account. Ich habe ja nicht mal ein eigenes Smartphone und ich will auch gar keins.«

Dann musste sie erst einmal Luft holen. Dabei sah sie Saras entsetzt aufgerissene Augen, aus denen auf einmal Tränen quollen. Das hatte sie nicht gewollt. Aber bevor sie Sara das sagen konnte, war diese aufgesprungen.

»Dann müssen wir auch keine Freundinnen mehr sein«, zischte sie und knallte die Tür hinter sich zu.

Vor lauter Tränen konnte Sara gar nicht richtig sehen, wo sie hinlief und an was oder wem sie vorbeiging. Aber sie wollte auch nicht weinend nach Hause kommen. Ihre Mutter würde sich nur wieder große Sorgen um sie machen und alles bis ins Kleinste besprechen wollen. Sara wollte aber gerade nichts besprechen. Schon gar nicht mit ihrer immer besorgten

Mutter und nicht einmal im Großen. Darum suchte sie hinter ihrem Tränenschleier den Weg in den Park.

Sara interessierte sich nicht nur für Nagellack und süße Kuchen. Im Gegenteil. Sie machte das doch alles mit Absicht. Denn wenn sie Fotos mit ihrem Smartphone schoss, dann rutschten ihr nicht so viele innere Bilder durch den Kopf. Nicht, dass sie was gegen innere Bilder hätte, aber manchmal waren das so viele, dass sie regelrecht erstarrte. Und sie wollte nicht wie eine Statue in ihrem eigenen Leben rumstehen.

Sara setzte sich unter den großen Baum auf der Wiese, lehnte sich mit dem Rücken gegen den knorrigen Stamm und schaute hoch in die Krone. Sie wusste, dass der Baum sie trösten würde. Sie musste nur dem Wind in seinen Blättern lauschen und den flirrenden Blättern zuschauen.

Nach einer Weile waren Saras Tränen getrocknet. Sie hatte noch einen Schluckauf und wusste auch nicht so genau, wie es nun weitergehen sollte, aber wenigstens konnte sie wieder klar sehen.

Als Erstes entdeckte sie Cosmo. Der stiefelte den Weg entlang, als würde ihm die ganze Wut der Welt auf den Schultern hocken. In der einen Hand trug er eine Papiertüte vom Supermarkt, mit der anderen boxte er die Luft. Außerdem redete er mit sich selber. Sara konnte zwar nicht hören, was er sagte, aber sehen, dass es nichts Schönes war.

Vielleicht hatten er und Stulle sich auch gestritten? Vielleicht war heute der allgemeine Freunde-zerstreiten-sich-Tag.

Sara seufzte, stand auf und ging langsam nach Hause.

Cosmo hatte die Leberwurst im Sonderangebot bekommen, aber dieser Tag war trotzdem schrecklich. Erst das Gedicht, das keines werden wollte, dann das Gebrüll seines Vaters und zu guter Letzt noch ein Doppelverrat.

Obwohl Lene natürlich nicht wissen konnte, dass Cosmo sie gernhatte und ihr ein Gedicht schrieb. Er hatte es ihr nicht gesagt und würde das auch nie tun. Nun schon gar nicht mehr, wo Lene doch jede Menge Spaß mit seinem besten Freund Stulle hatte. Sie mögen eben beide Vögel und Bücher, das sind große Gemeinsamkeiten, dachte Cosmo. Und innen verstand er das sogar ein kleines bisschen.

»Bah! Vögel und Bücher! Wen interessieren denn solche Sachen?«, schimpfte er aber außen vor sich hin.

Cosmo ballte die Faust und boxte die Luft. In seiner hinteren Hosentasche drückte das kleine Reimlexikon. Warum hatte er das doofe Ding überhaupt zum Supermarkt mitgenommen?

Trotz seiner blinden Wut sah er Teetee vor sich auf dem Weg. Sie hatte sich bei dem Penner eingehakt, und die beiden spazierten herum, als wären sie feine Herrschaften auf Wandelwegen. Cosmo beschleunigte seine Schritte und überholte die beiden.

»Das brauche ich nicht mehr«, knurrte er und griff in seine hintere Hosentasche.

Dann warf er Teetee das Reimlexikon vor die Füße.

Als Sara am Laden von Herrn Mansur vorbeikam, hörte sie ihren Namen. Junis saß auf der Bank davor.

»Hallo, Junis«, sagte sie.

»Möchtest du dich zu mir setzen?«, fragte er.

Obwohl sie mit ihren Gedanken noch immer ganz woanders war, setzte sie sich. Sara wollte nicht, dass er sie für unhöflich hielt.

»Möchtest du auch ein Glas Pfefferminztee?«, fragte Junis und Sara nickte.

Junis nahm ein weiteres kleines goldverziertes Gläschen von einem Tablett und goss es für sie voll.

»Danke«, sagte Sara und lächelte Junis an.

Dann pustete sie auf den dampfenden Tee und trank ein Schlückchen. Der Tee war köstlich. Minzig und süß. Herr Mansur bot diesen Tee jeden Tag an. Man musste ihn nicht bezahlen.

»Das ist nur ein Trick, um die Leute in seinen Laden zu locken«, hatte Cosmo mal gesagt.

Dabei war es doch egal, ob es ein Trick war oder nicht. Der Tee schmeckte süß, man konnte auf der Bank mit den vielen Kissen sitzen, und wenn einem dabei einfiel, dass man noch Zwiebeln und rote Linsen brauchte, dann wusste man, wo man die sofort kaufen konnte. Im Supermarkt hatte sie noch nie etwas angeboten bekommen. Außer einmal einen klitzekleinen Cracker mit Thunfischpaste. Dafür war extra ein Stand aufgebaut gewesen, man durfte sich aber keinen zweiten Cracker nehmen. Nur wenn man eine Tube Thunfischpaste kaufte. Die hatte aber sowieso nicht geschmeckt. Vielleicht sollte sie einige Fotos von Herrn Mansurs Laden machen? Der war so schön bunt, und die Dinge, die man kaufen konnte, sahen fremd und spannend aus. Ein bisschen wie die weite Welt.

»Ich glaube nicht, dass Herr Mansur böse ist, wenn man von seinem Tee trinkt und dann nichts kauft«, murmelte sie.

»Wie bitte?«, fragte Junis.

»Oh, Junis!«, rief Sara erschrocken. »Es tut mir leid. Ich war gerade mit den Gedanken ganz woanders.«

»Ist schon gut«, sagte Junis.

Sara hatte den Eindruck, dass seine Stimme etwas dunkler klang als vorher. Als wäre er plötzlich traurig.

Frau Felgentreff war völlig aus der Puste. Sie spürte, wie heiß und rot ihr Gesicht nun war, und ärgerte sich darüber. Beim Joggen machte sie einfach keine gute Figur. Warum war sie bloß mitgerannt, als Herr Heckmann sie überraschend zu einem Lauf durch den Park abholen wollte?

Das war natürlich nur eine rhetorische Frage. Frau Felgentreff wusste ganz genau, warum. Sie unternahm nämlich sehr gerne etwas mit Herrn Heckmann. Aber sie wäre viel lieber mit ihm ins Museum oder eine Rhabarberschorle in einem Café trinken gegangen. Dabei konnte man so schön plaudern. Beim Joggen nicht. Da konnte sie nur vor sich hin prusten.

Schließlich hatte sie ihn im Park zurückgelassen. Sie brauchte unbedingt einen Schluck Wasser. Herr Heckmann hatte sie zwar nach Hause begleiten wollen, aber sie hatte genau gesehen, wie sehnsüchtig er einem anderen Jogger hinterherschaute, der gerade an ihnen vorbeigelaufen war. Also hatte sie darauf bestanden, dass er noch eine Runde ohne sie laufen sollte. Er war so schnell losgeflitzt, dass es sogar eine Staubwolke gegeben hatte.

»Wie peinlich«, flüsterte Frau Felgentreff vor sich hin.

Da fiel ihr auch noch das Gespräch mit Frau Lotter über die Experimentierkästen ein. Es war überhaupt nicht gut gelaufen. Irgendwie war wohl durchgesickert, dass sie mit Herrn Heckmann Straußenrührei gegessen und von Südafrika geträumt hatte. Alle Lehrerinnen im Lehrerzimmer hatten sie gestern angeknurrt. Auch Frau Lotter. Die Experimentierkästen konnte sie sich erst mal abschminken. Dabei waren die doch gar nicht für ihr Vergnügen, sondern für die Kinder bestimmt. Physik und Chemie erklärten unsere Welt. Die zu kennen war wunderbar. Und mit Experimenten machte das Ganze unheimlich Spaß. Warum kapierte Frau Lotter das denn nicht?

»Die blöde Lotter«, schimpfte Frau Felgentreff vor sich hin. Dann schaute sie sich erschrocken um, ob irgendjemand sie gehört hatte. Es war aber niemand in der Nähe.

Sie seufzte und ging noch etwas schneller. Frau Felgentreff hatte wirklich großen Durst und brauchte dringend eine Dusche.

»Entschuldigen Sie bitte«, murmelte sie, als sie aus Versehen eine ältere Dame beim Überholen anrempelte.

Dann erst erkannte sie Teetee. Die sah ganz bedrückt aus. Das kannte Frau Felgentreff gar nicht von ihr. Sonst lächelte Teetee immer und hatte ein ermutigendes Wort für jeden.

»Ist alles in Ordnung?«, fragte Frau Felgentreff.

Teetee schüttelte den Kopf.

»Das ist nicht gut, überhaupt nicht gut«, raunte sie.

Dann drehte die alte Frau um und lief den Weg zurück, den sie gerade gekommen war.

Frau Felgentreff rieb sich über die Arme. Dort hatte sich eine dicke Gänsehaut gebildet.

KAPITEL 9 –
ist eine schrecklich schlaflose Nacht

Als Herr Heckmann ein Junge gewesen war, hatte er sehr gerne seinen Opa besucht. In dessen Keller hatte es eine große Holzplatte gegeben, auf die eine ganze Stadt gebaut war. Dazwischen fuhren Züge. Der kleine Herr Heckmann durfte nichts auf der Platte anfassen, aber er durfte die Häuser, die Bäume und Straßen anschauen. Am schönsten war es, wenn sein Opa das Licht im Keller löschte und auf einen Knopf an der Platte drückte. Dann leuchteten die Fenster und die Straßenlaternen auf. Stundenlang stand der kleine Herr Heckmann davor und stellte sich die vielen Geschichten der erbsengroßen Bewohner in den erleuchteten Häusern vor.

Nun stand der große Herr Heckmann an seinem Küchenfenster, schaute hinaus in das Dunkel und fragte sich, hinter welchem der vielen leuchtenden Fenster wohl jemand wohnte, der gerade genauso unglücklich war wie er.

Es war eine furchtbar dumme Idee gewesen, Frau Felgentreff zum Joggen abzuholen. Warum hatte er keinen Museumsbesuch vorgeschlagen? Oder ein nettes Café, in dem man hätte plaudern können. Er hatte dann auch sofort bemerkt, dass Frau Felgentreff nicht gerne schnell lief. Aber sie hatte nichts gesagt, sondern war mit fest zusammengebissenen Zähnen hinter ihm hergerannt. Sie hatte wie eine kleine Lokomotive geschnauft, ihr Kopf war immer röter und ihm die ganze Situation immer peinlicher geworden. Leider hatte ihn das noch schneller laufen lassen, bis Frau Felgentreff schließlich aufgegeben hatte. Er hätte sie gerne nach Hause gebracht, aber sie hatte darauf bestanden, dass er alleine weiterlief. Er hatte gar nicht mehr gewagt, an die Abendverabredung zu erinnern.

Nun stand er also allein in seiner dunklen Küche und hatte ganz vergessen, überhaupt etwas zu essen.

Plötzlich knurrte sein Magen so laut, dass er erschrak.

»Na gut«, murmelte er, schaltete das Licht an und bereitete sich ein Käsebrot mit Tomatenscheiben und Salz.

Junis starrte an die Decke, obwohl es da gar nichts zu sehen gab. Erstens war sie einfach nur weiß gestrichen und zweitens war es stockdunkel in seinem Zimmer. Junis knipste das Nachtlicht an. Mit der brennenden Lampe gab es an der Decke allerdings noch immer nichts zu sehen.

Gestern hatte er gedacht, dass es vielleicht doch eine schöne Zeit werden könnte, hier in diesem Viertel mit den vielen Kindern, der netten Lehrerin, dem Laden von Herrn Mansur und der feinen Dame mit der großen Tasche. Sara hatte gesagt, dass es eine magische Tasche sei, aus der die

Dame namens Teetee die unglaublichsten Dinge zaubern konnte. Aber das war auch gestern gewesen.

Heute hatte sie ihm kein bisschen zugehört. Dabei hatte er ihr von seinem Zuhause erzählt, von seinen Freunden, vom Haus seiner Großeltern inmitten der Olivenbäume, von staubtrockenen Sommern und dem großen Pool in ihrem Garten, von süßen Datteln und noch süßerem Granatapfelsaft. Obwohl ihn die Erinnerung traurig machte, hatte es ihm gutgetan, davon zu reden. Jedenfalls bis ihm aufgefallen war, dass Sara gar nicht zugehört hatte. In dem Moment war alles noch viel schlimmer geworden, als es vorher gewesen war. Das Heimweh, die Sehnsucht, das Vermissen. Junis zog die Nase hoch und atmete tief aus. Aber so richtig viel nützte das nicht.

Die feine Dame hatte ihn auch versetzt. Er hatte ihr erzählen wollen, wie gut das Baklava gewesen war. Außerdem hatte er ihr das Notizbuch mit den Rezepten zurückgeben wollen. Aber sie war einfach nicht gekommen.

Obwohl er erst seit drei Tagen im Viertel wohnte und noch nicht viel darüber wusste, hatte er eine bestimmte Ahnung. Dass Teetee nicht gekommen war, bedeutete etwas. Und das war nichts Unwichtiges und wahrscheinlich auch nichts Gutes.

Sara wälzte sich von einer Seite auf die andere. So würde sie niemals einschlafen können. Aber immer, wenn sie für einen Moment stillhielt, juckte es sie überall auf der Haut.

Außerdem stiegen die unmöglichsten Bilder vor ihrem inneren Auge auf, mit denen sich ihre Gedanken herumquälen mussten. Schließlich gab sie auf. Obwohl das absolut verboten war, griff sie nach ihrem Smartphone.

PrincessSaha hatte vier neue Follower. Gestern noch hätte Sara sich darüber gefreut. Doch nun fühlte es sich so an, als wollte das Schicksal sich über sie lustig machen. Denn PrincessSaha gab es nicht mehr. Es war ein Freundinnenprojekt gewesen. Ohne eine Freundin machte es keinen Spaß. Ohne eine Freundin machte gar nichts Spaß. Sara schluckte schwer und schaffte es gerade so, dass sie nicht weinen musste.

»Ich habe keine Freundin mehr«, flüsterte sie, weil sie wissen wollte, wie sich das anhörte, wenn man es sagte.

Es klang furchtbar. So furchtbar, dass sie ihre Tränen nicht mehr hinunterschlucken konnte.

Saha lag unter ihrer Bettdecke und leuchtete mit einer Taschenlampe auf die Seiten vierzehn und fünfzehn ihres Buches. Das machte sie schon seit einer halben Stunde. Sie hatte am Anfang auch wirklich versucht, den ersten Absatz auf Seite vierzehn zu lesen. Fünfmal. Weil sie ihn danach noch immer nicht verstanden hatte, hörte sie mit dem Leseversuch wieder auf und starrte nur auf die Buchstaben. Dabei dachte sie nach. Ihre Gedanken waren nicht fröhlich. Ganz im Gegenteil.

Obwohl sie Sara schon so lange hatte sagen wollen, dass ihr die Sache mit PrincessSaha, mit Instagram und diesem komischen Influencerkram nicht gefiel, fühlte sie sich nun nicht erleichtert oder gar besser. Denn sie hatte Sara doch niemals verletzen wollen!

Aber genau das war passiert. Weil sie zu lange gewartet hatte, weil sie zu lange mitgemacht hatte, obwohl sie es blöd fand. So lange, bis eine große Wut in ihr gewachsen war. Diese Wut hatte sie heute Sachen sagen lassen, die sie gar nicht so meinte und die Sara sehr wehgetan hatten. Dabei waren sie doch beste Freundinnen, und das schon seit dem Kindergarten.

Nun wollte Sara nicht mehr ihre Freundin sein.

Saha schlug die Bettdecke zurück und ließ das Buch auf den Teppich fallen. Sie schnappte sich Herrn Brumm, der schon eine ganze Weile unbeachtet in der Bettecke gehockt hatte, und drückte ihn fest an sich.

»Ach, Herr Brumm, es ist alles so verkehrt«, schnüffelte sie in seinen weichen Bauch.

Dann musste sie niesen, denn Herrn Brumms Fell war voller Staub.

Bene hatte zwei Stunden am Klavier gesessen und gespielt. Vorher hatte er das Fenster im Wohnzimmer geöffnet. Er war sich natürlich nicht sicher, aber er hatte den Eindruck, dass Saha gegenüber dann manchmal dasselbe tat. Als würde sie seinem Klavierspiel heimlich zuhören wollen. Bene stellte sich vor, dass Saha es sich in ihrem Zimmer gemütlich machte, vielleicht eine Limo trank oder einen Schokoriegel naschte und seiner Musik lauschte. Das hätte er schön gefunden.

Bene wusste, dass er sehr gut Klavier spielte. Manchmal verlor er sich richtig in der Musik wie in einem Ozean. Auf den Wellen der Melodie konnte er bis an den Horizont surfen. In einem Ozean aus Wasser war das nicht möglich, da brandeten die Wellen an den Strand. Aber in einem Ozean aus Musik konnte man auf den Wogen der Töne in die entgegengesetzte Richtung bis an die Linie reiten, an der der Himmel einen berührte.

Doch darüber würde er niemals sprechen. Seine Großmutter wäre erschrocken, seine Mutter verwundert, sein Vater ärgerlich und alle wären um seine geistige Gesundheit besorgt. Manche Gedanken behielt Bene lieber für sich. Besonders an Tagen wie heute, als ihn seine Musik beinahe noch über den Horizont hinausgetragen hätte. Aber dann war sein Vater nach Hause gekommen und hatte gemeckert, dass er seine Hausaufgaben noch nicht gemacht hatte. Dabei war heute Samstag. Der Horizont hatte sich vor Schreck bis ans Ende der Welt verzogen.

Nun lag Bene im Bett und fand keinen Schlaf. Als er aus dem Fenster schaute, sah er, dass bei Saha ein Licht flackerte. Als würde dort eine kleine Taschenlampe brennen.

Cosmos Nachtlicht leuchtete ebenfalls. Er hatte das Gesicht ins Kissen gedrückt, damit ihn niemand hören konnte, wenn er aus Versehen schreien musste.

Es hatte alles nichts genutzt. Kein Fäusteballen, kein Luftboxen, kein Schimpfen und Böse-Sachen-Denken und schon gar kein Leberwurstbrot mit Senf und Gürkchen. Cosmo war wütend, sauer und zornig. Er hätte gerne irgendetwas kaputt gemacht. Zum Glück wusste er nicht, was. Denn da wäre kein Stulle gewesen, der das verhindert hätte. Stulle hatte jetzt nämlich einen anderen Freund. Besser gesagt eine Freundin. Eine, für die Cosmo beinahe ein Gedicht geschrieben hätte. Eine, die Bücher las und Vögel mochte. So wie Stulle auch.

Cosmo hob den Kopf aus dem Kissen. Er musste dringend nach Luft schnappen. Da spürte er etwas Nasses. Wütend wischte er sich die Tränen von den Wangen. Er würde jetzt nicht auch noch anfangen zu heulen. Auf gar keinen Fall.

Schnell stopfte er sich eine Handvoll Gummibärchen in den Mund.

Stulle war glücklich pfeifend nach Hause gekommen. Er hörte auch dort nicht damit auf, sondern pfiff die ganze Zeit vor sich hin. In seinem Zimmer, auf dem Klo und später beim Abendbrot. Schließlich langte es seiner Mutter.

»Bitte, hör mit dieser Pfeiferei auf, Ti– … ähm, Stulle«, bat sie genervt.

Es fiel ihr immer noch schwer, Stulle spontan und in jedem Moment Stulle zu nennen. Immerhin hatte sie ihm ja bei seiner Geburt einen ganz anderen Namen gegeben. Aber wenigstens gaben seine Eltern sich Mühe und akzeptierten

Stulles Entscheidung, Stulle heißen zu wollen. Cosmo hatte da nicht so viel Glück.

Plötzlich verdüsterte sich Stulles Laune. Irgendetwas stimmte mit seinem Freund nicht. Als er wie jeden Samstag vor dessen Tür gestanden hatte, hatte Cosmo gesagt, dass er noch was Wichtiges zu tun hätte. Dabei war er ganz rot geworden und hatte weggeguckt. Cosmo war oft wütend, fand nicht immer die richtigen Worte und hatte eine lockere Faust. Aber er hatte ihn noch nie angelogen. Bis heute. Da war Stulle sich sicher. Und auf einmal wusste er gar nicht mehr so genau, warum er bis eben noch so fröhlich gewesen war.

Lene wunderte sich über diesen schönen Nachmittag. Normalerweise waren Bücher die Pforten zu anderen Welten, die sie allein durchschritt. Welten, die sie für sich erkundete und von denen sie niemandem erzählte, in denen sie Abenteuer erlebte, von denen die anderen nichts wussten. Doch heute Nachmittag war sie zusammen mit Stulle in einer Buchwelt gewesen und das hatte sich richtig schön angefühlt.

»Du strahlst ja so«, hatte ihre Mutter beim Abendbrot gesagt.

Lene war das etwas peinlich gewesen. Ihre Mutter schien die ganze Zeit darauf zu warten, dass Lene irgendetwas Wundervolles oder Zauberhaftes erlebte.

»Was ist denn heute Großartiges passiert?«, fragte sie jeden Abend mit leuchtenden Augen.

»Nichts«, antwortete Lene dann.

Das stimmte meistens auch. Denn die großartigen Dinge passierten in Lenes Büchern und nicht in Lenes Leben. Aber davon wollte ihre Mutter nichts wissen. Sie hatte nämlich eine ganz wunderbare Kindheit gehabt, wie sie immer wieder gerne erzählte. Voller Abenteuer, Glück und Freunden. Manchmal hatte Lene das Gefühl, ihre Mutter wäre am liebsten selbst wieder ein Kind, damit sie das Kindsein einfach für Lene übernehmen konnte.

Aber heute war wirklich etwas Besonderes passiert. Mit Stulle auf der Wiese zu liegen, sich gegenseitig abwechselnd aus dem Buch vorzulesen und dabei eine Flasche Limo und eine Packung Kekse zu teilen hatte sich wie das reine Glück angefühlt.

Und darum hatte Lene nun Bauchschmerzen. Wenn sie traurig war oder sich alleine fühlte, hatte sie immer Freunde und gute Zeiten in ihren Büchern gefunden. Nun hatte sie das zum ersten Mal mit jemandem geteilt. Was würde passieren, wenn Stulle morgen nicht mehr mit ihr reden und lachen wollen würde? Wäre dann das Buch weniger toll und vielleicht sogar verdorben?

Es tut mehr weh, schöne Sachen zu vermissen, die man kennt, als solche, die man noch nie erlebt hat, dachte Lene. Wenn man erst mal wusste, wie schön es sich anfühlt, einen Freund zu haben, dann würde das Alleinsein danach noch tausendmal schlimmer sein.

Lene schaltete das Licht ein und holte das Buch aus ihrem Rucksack. Sie schlug es noch einmal auf der ersten Seite auf und begann von vorn zu lesen. Sie wollte nicht einschlafen. Wenn sie einschlief, wäre nur einen Wimpernschlag später der nächste Tag. Heute hatte sie einen Freund gehabt. Aber was würde morgen sein?

Längst war es Zeit, zu schlafen. Aber manchmal vertreiben Sorgen und Grübeleien den Schlaf. Vielleicht war das gar nicht so schlecht. Wer weiß, welche Albträume man nach einem richtig blöden Tag hätte? Darüber dachte Frau Felgentreff nach und schaltete das Leselicht neben ihrem Bett wieder an.

Das Küken piepste leise in seinem Karton. Es hatte keine Sorgen und wollte sehr gerne schlafen.

Vorhin hatte Frau Felgentreff geduscht, ihre langen Haare in einen dicken Zopf gebunden, ein wenig Lippenstift aufgetragen und ihr schönstes Kleid angezogen. Das mit den Streublümchen, für das es abends eigentlich schon ein wenig zu kühl war. Aber sie hatte für Herrn Heckmann hübsch sein wollen, wenn er später bei ihr klingeln und sie zum Abendessen abholen würde. Doch Herr Heckmann war nicht gekommen, und Frau Felgentreff hatte sich nicht getraut, ihn zu fragen, warum nicht. Stattdessen hatte sie allein ein Glas Wein getrunken und dabei ein wenig mit dem Küken geplaudert, bis sie sich in ihrem Streublümchenkleid furchtbar albern vorgekommen war und eine Jogginghose und einen viel zu warmen Wollpullover angezogen hatte.

Frau Felgentreff seufzte traurig und griff nach dem Liebesroman, der auf ihrem Nachttisch lag.

»Piep! Piep! Piep!«, schimpfte das Küken.

Dann war es wieder eingeschlafen.

Obwohl die Sache mit den Eiern und auch die mit den Orangen letztlich gut verlaufen war, fühlte sich Herr Mansur unwohl. Als wäre ihm eine Laus über die Leber gelaufen. Unruhig schlug ihm das Herz gegen die Rippen, so dass er schon dachte, er müsste mal zum Arzt gehen.

Herr Mansur war in seinem ganzen Leben noch nie bei einem Arzt gewesen. Als Kind hatte er in einem Dorf gewohnt, in dem es überhaupt keinen Arzt gegeben hatte. Nach dem Umzug in die Stadt hatte seine Familie kein Geld dafür gehabt. Als er nach Deutschland gekommen war, hatte er sich stark und kraftvoll gefühlt. Er strotzte vor Gesundheit und brauchte keinen Arzt. Dann wurde er älter, und vielleicht hätte er hin und wieder einen Doktor aufsuchen sollen, doch eines Tages fiel ihm auf, dass er sich vor denen fürchtete. So war es gekommen, dass Herr Mansur noch nie in einer Praxis oder einem Krankenhaus gewesen war. Das hatte ihn immer mit Stolz erfüllt. Und nun klopfte ihm das Herz bis zum Hals.

Herr Mansur erhob sich stöhnend von seinem Bett, ging in die Küche und kochte sich einen Kräutertee, der ihn normalerweise beruhigte. Er hatte aber so eine Ahnung, dass das heute nicht klappen würde.

KAPITEL 10 –
lässt einen Verdacht aufkeimen

Der Montagvormittag in der Schule zog sich hin wie ein ziemlich zäher Kaugummi. Die vergangenen Minuten schienen immer wieder zurückzuschnipsen und von vorn zu beginnen. Und wieder und wieder und noch einmal von vorn. Jede Schnecke hätte einen Wettlauf gegen den Sekundenzeiger der Klassenzimmeruhr gewonnen. Die meisten Kinder hatten schlechte Laune. Als hätte jemand mit einem Riesenstaubsauger die ganze Energie, die Freude und die Fröhlichkeit aus dem Viertel gesaugt. Der Sonntag nach dem seltsamen Samstag war auch nicht besser gewesen. Irgendetwas fehlte. Das spürten alle.

Sara und Saha saßen steif wie zwei Stöcke nebeneinander. Beide versuchten, einander nicht anzuschauen. Sie sagten auch nichts. Es war schrecklich, wenn man keine Freundinnen mehr war. Besonders wenn man trotzdem nebeneinandersaß. Und wenn man sich eigentlich wünschte, dass alles wieder gut sein sollte.

An diesem Tag schlief nicht nur Lene im Unterricht ein, auch Stulle. Er hatte seinen Kopf auf der Schulbank abgelegt und war schneller weg, als Frau Felgentreff »Wir schauen heute ausnahmsweise einen Film« sagen konnte. Die anderen jubelten. Aber ganz leise und auch nicht vor Begeisterung, sondern weil sie so erleichtert darüber waren, dass sie für zwei Schulstunden weder rechnen oder schreiben noch denken mussten.

Als die Glocke endlich den Unterrichtsschluss verkündete, atmete die Lehrerin auf. Die Kinder warfen ihre Sachen in die Ranzen und drängelten zur Tür. Jeder wollte als Erster hinaus. Natürlich funktionierte das nicht. Stattdessen fanden sich Cosmo, Junis, Sara, Bene, Saha, Stulle und Lene in einem wilden Knäuel wieder, das wie ein Korken den Ausgang verstopfte.

»Was macht ihr denn da?«, rief Frau Felgentreff verwundert.

Da mussten sie für einen winzigen Moment lachen. Das Lachen war zu kurz, um die Stimmung zu verbessern, aber es löste das Knäuel auf, wie der Regen ein auf dem Straßenpflaster verloren gegangenes Brausepulverbonbon. Nacheinander gingen die Kinder durch die Tür, schlenderten nebeneinander über den Schulhof und standen kurz darauf ein wenig unschlüssig vor Herrn Mansurs Laden herum, wo sich normalerweise ihre Wege trennten.

»Mögt ihr einen Pfefferminztee? Geht aufs Haus«, lud Herr Mansur sie ein.

Er saß vor seinem Laden auf der Bank. Den ganzen Vormittag hatte er sich mit einer miesen Laune herumgeplagt, nun war er mit den Nerven fertig. Irgendetwas musste er tun. Besonders fröhlich guckten die Kinder zwar auch nicht aus der Wäsche, aber vielleicht half es allen, zusammen einen Tee zu trinken.

»Ich spendiere auch eine Runde Kekse und Pistazien«, erhöhte Herr Mansur sein Angebot.

»Sehr gerne«, antwortete Sara und schaute Saha an. Die nickte, genau wie die anderen.

Sie quetschten sich auf die Bank und die Hocker aus Olivenölkanistern, die um den kleinen Metalltisch mit der verzierten Teekanne darauf standen.

Herr Mansur goss die Teegläser voll.

»War die Dame Teetee heute schon hier?«, fragte Junis.

Auch nach dem Aufwachen hatte ihn der Gedanke nicht losgelassen, dass irgendetwas mit Teetee nicht stimmte. Oder besser gesagt damit, dass sie vorgestern nicht zu ihrer Verabredung aufgetaucht war.

»Nein«, antwortete Herr Mansur. »Darüber habe ich mich auch schon gewundert. Sie trinkt sonst jeden Morgen einen Tee bei mir.«

Dann ging er in den Laden, um die Kekse und Pistazien zu holen.

»Am Samstag hat sie mit dem Penner im Park Orangenstücke mit Messer und Gabel gegessen«, erzählte Cosmo.

»Er heißt Herr Obermayer«, meinte Stulle.

»Wer heißt Herr Obermayer?«, fragte Cosmo.

»Der zerzauste Mann unter der Parkbank«, antwortete Stulle.

»Du meinst den Penner?«, fragte Cosmo nach.

»*Penner* ist kein schönes Wort«, sagte Lene leise.

»Er hat einen Rechenschieber«, erzählte Stulle.

»Was ist das denn?«, fragte Junis, der das Wort nicht kannte.

»So was wie ein Taschenrechner, nur ohne Elektronik. Analog sozusagen«, erklärte Bene.

»Was macht Herr Obermayer wohl damit?«, überlegte Sara.

Ein Obdachloser mit einem Rechenschieber. Das wäre sicher kein Foto für PrincessSaha, aber trotzdem ein tolles Bild. Sie würde Herrn Obermayer gern fragen, ob sie ein Porträt von ihm machen dürfte. Mit Parkbank, zerzausten Haaren und mit dem Rechenschieber. Sie wusste nur noch nicht, ob sie sich das trauen würde.

»Vielleicht rechnet er jeden Tag aus, wie viel Geld er gespart hat, weil er keine Miete bezahlen muss und sich das Essen zusammenbettelt«, sagte Cosmo finster.

»Alter!«, stöhnte Stulle. »Merkst du eigentlich, was du da sagst?«

»Wieso? Ist doch wahr«, verteidigte sich Cosmo. »Er könnte ja auch arbeiten.«

»So wie dein Vater, nicht wahr?«, sagte Bene spitz.

Cosmo wurde rot vor Zorn und ballte die Fäuste.

»Cosmo, ist schon gut. Bene hat es nicht böse gemeint«, beruhigte Stulle ihn. »Bene, das war echt nicht besonders nett von dir.«

»Mein Vater würde ja arbeiten. Das ist aber nicht so einfach, es gibt nämlich nicht für alle Menschen Arbeit«, zischte Cosmo an seiner Wut vorbei.

»Vielleicht geht es Herrn Obermayer ja genauso«, sagte Saha sanft und schaute Cosmo in die zusammengekniffenen Augen. »Vielleicht hatte er auch mal eine schöne Wohnung, die er dann nicht mehr bezahlen konnte. Oder vielleicht ist seine Frau gestorben und Herr Obermayer ist darum ganz traurig geworden und wusste nicht mehr weiter. Wir haben noch nie mit ihm geredet. Wir wissen nicht, warum er unter der Parkbank wohnt.«

»Saha hat recht«, meinte Bene.

Saha schaute schnell in eine andere Richtung, darum sah sie nicht, dass Bene sie anlächelte.

»Darüber habe ich noch nie nachgedacht«, sagte Cosmo.

»Helft ihr ihm denn nicht? Bringt ihr ihm kein Essen oder warme Decken, wenn es kalt ist?«, fragte Junis verwundert.

»Die alte Teetee macht das immer«, raunte Sara. Das hatte sie ein paarmal beobachtet.

Herr Mansur kam aus seinem Laden und stellte eine Schale mit Keksen und eine mit Pistazien auf den kleinen Tisch. Die Kinder griffen schnell zu. Die süßen Kekse und die salzigen Pistazien lenkten sie für einen Moment davon ab, dass sie sich noch nie überlegt hatten, Herrn Obermayer wenigstens mal einen guten Tag zu wünschen.

»Hat irgendjemand die Dame Teetee heute schon gesehen?«, fragte Junis in die knuspernde Runde.

Alle schüttelten den Kopf.

»Was hast du nur mit der?«, fragte Cosmo, den Mund voller Kekskrümel.

Junis zuckte die Achseln. »Ich weiß nicht. Aber ich habe so ein komisches Gefühl.«

»Ich habe sie vorgestern Nachmittag im Park mit Herrn Obermayer zum letzten Mal gesehen«, sagte Lene.

»Ich auch«, meinte Stulle.

Cosmo spürte einen Stich im Herzen. Er hatte vorgestern Nachmittag im Park nicht nur Teetee und Herrn Obermayer gesehen, sondern auch Stulle und Lene gemeinsam auf der Wiese. Sein Blick verfinsterte sich wieder.

»Dabei ist sie doch sonst ständig überall«, murmelte Bene.

»Vielleicht ist sie krank«, überlegte Saha. »Sie ist doch schon alt.«

»Dann könnte sie sich aber etwas aus ihrer magischen Tasche zaubern, das sie wieder gesund werden lässt«, widersprach Sara.

»Vielleicht kann sie aus der Tasche nur Sachen zaubern, die anderen helfen«, vermutete Lene.

»Magische Tasche, ich weiß ja nicht«, murmelte Bene. »Glaubt ihr da wirklich dran?«

Sara, Saha, Stulle, Cosmo und Lene nickten.

Junis war sich noch nicht sicher, was er glauben sollte. Immerhin hatte er noch nicht erlebt, dass die Dame Teetee etwas daraus hervorgezaubert hatte. Obwohl es schon seltsam war, dass …

»Das Notizbuch mit dem Baklava-Rezept!«, rief er. »Das war also gar kein Zufall?«

Sara, Saha, Stulle, Cosmo und Lene schüttelten die Köpfe.

»Am Safttag war Teetee richtig lustig, aber sonst haben wir uns immer ein wenig vor ihr gegruselt«, erzählte Sara. »Sie ist irgendwie immer da mit ihrer Tasche, aus der sie die seltsamsten Dinge holt.«

»Sie hat dieses merkwürdige Lächeln«, brummte Cosmo.

»Und nun ist die Dame mit der magischen Tasche spurlos verschwunden«, sagte Junis.

Stumm schauten sich alle an. Stimmte das? War Teetee verschwunden? Und das auch noch spurlos? Bene strich sich über die Arme, als sei ihm plötzlich kalt geworden. Eine Gänsehaut krabbelte von einem zum anderen.

»Es ist verfrüht, so etwas zu sagen. Morgen ist sie bestimmt wieder da«, widersprach jedoch Herr Mansur.

Er konnte sich das Viertel ohne Fräulein Teetee nicht vorstellen. Das wollte er auch gar nicht. Aber sehr überzeugend hatte seine Stimme nicht geklungen. Denn in all den Jahren war es noch nie vorgekommen, dass er Teetee so viele Stunden, ja tagelang nicht gesehen hatte.

KAPITEL 11 –
ist ein Reinfall, führt aber zu einem Plan

Am nächsten Tag schien die Sonne warm vom Himmel und die Kinder kamen nach der Schule wieder auf ein Gläschen Tee in Herrn Mansurs Laden. Dabei hatten sie das gar nicht abgesprochen. Es passierte einfach. Und Herr Mansur hatte schon auf sie gewartet. Mit Tee, Keksen und Pistazien. Noch immer hatte niemand von ihnen Teetee zu Gesicht bekommen. Auch Herr Mansur nicht.

»Das wird jetzt aber wirklich mehr als seltsam«, sagte Bene.

»Vielleicht sollten wir sie mal besuchen?«, schlug Sara vor.

»Stimmt«, meinte Saha und lächelte Sara an. Es war noch nicht alles wieder gut zwischen ihnen, aber schon viel besser.

»Wir kennen sie doch gar nicht richtig«, brummte Cosmo.

»Aber sie hat schon jedem von uns geholfen«, meinte Stulle und dachte an das Vogelpfeifchen, dessen Lied ihm einen Nachmittag mit Lene beschert hatte. Nun saß sie neben ihm, pustete in ihr Glas mit dem heißen Tee, und ihre Locken kitzelten seinen Oberarm.

»Weiß denn überhaupt jemand, wo sie wohnt?«, fragte Junis.

Das tat niemand.

»Vielleicht sollten wir zur Polizei gehen«, schlug Cosmo vor.

»Die lachen uns bestimmt aus, wenn wir denen erzählen, dass wir eine alte Dame suchen. Nur weil wir sie drei Tage nicht auf der Straße gesehen haben«, meinte Bene.

»Ich mache mir große Sorgen um Teetee«, sagte Lene. »Wir sollten wirklich zur Polizei gehen.«

Ein bisschen fühlte sich das Ganze auch wie ein kleines Abenteuer an. Vielleicht wie im Buch *Emil und die Detektive*. Sie würden zwar keinen Gelddieb, aber eine verschwundene Dame suchen, die vielleicht in großer Gefahr war. Lenes Herz machte einen Hüpfer. Ein echtes Abenteuer mit richtigen Freunden.

Stulle nickte. Er würde alles mitmachen, was auch Lene machen wollte. Außerdem war es eine gute Idee.

»Okay«, brummte Cosmo.

Es gefiel ihm, dass etwas passierte, das ihn von seinen Gedanken und seiner Wut ablenkte.

»Alles klar«, sagte Saha.

Sie hatte seit gestern so ein blödes Gefühl im Bauch, weil sie Herrn Obermayer noch nie etwas gegeben hatte. Dabei wohnte der quasi nebenan, und ihre Eltern reisten sogar bis ans Ende der Welt, um armen Kindern zu helfen. Saha wollte zukünftig auch anderen helfen. Zuerst also Teetee. Falls die überhaupt Hilfe brauchte.

Für Junis war es ganz normal, dass man sich füreinander interessierte und nacheinander schaute. Wie das allerdings mit der Polizei war, wusste er nicht. Er fand es ein bisschen beängstigend, einfach aufs Revier zu gehen.

»Ich muss erst mal Hausis machen«, sagte Bene.

»Meine Mutter wartet mit dem Mittagessen«, meinte Lene.

»Omi auch«, sagte Saha.

»Frau Schmidt auch«, sagte Junis.

»Wer ist denn Frau Schmidt?«, fragte Cosmo.

»Sie kommt tagsüber zu uns. Sie kümmert sich um alles, räumt auf, kocht das Essen und so«, murmelte Junis.

Er war das so gewohnt und Frau Schmidt war sehr nett. Aber Junis hatte längst verstanden, dass die anderen Kinder eine Zugehfrau etwas seltsam fanden.

»Alles klar. Dann treffen wir uns in zwei Stunden wieder hier«, bestimmte Stulle.

Die anderen waren einverstanden. Sie sprangen auf und dankten Herrn Mansur für Tee, Kekse und Pistazien.

»Bis nachher«, riefen sich alle zu.

Es klang freudig. Obwohl das Verschwinden einer alten Dame ja eigentlich kein Grund zur Freude war.

Die große Glastür ließ sich nicht öffnen. Cosmo hängte sich noch einmal mit seinem ganzen Gewicht daran und rüttelte.

»Keine Chance«, sagte er.

»Man kann eben nicht einfach so bei der Polizei rein- und rausspazieren«, stellte Stulle fest.

»Und wenn man sich in Sicherheit bringen muss? Weil man zum Beispiel vor einem Mörder flieht?«, überlegte Saha.

»Dann musst du erst mal klingeln, warten, bis jemand antwortet, dem Polizisten an der Sprechanlage erklären, was dein Problem ist, und wenn du Glück hast, geht irgendwann der Türsummer an«, meinte Bene.

»Bis dahin ist man längst tot«, sagte Sara.

Ihr Gehirn schickte ihr leider auch sofort das Bild dazu. Sie schüttelte sich und das Bild aus ihrem Kopf.

In dem Moment schwang die schwere Tür wie von Geisterhand gezogen nach außen. Cosmo und Stulle mussten weghüpfen, um nicht von ihr getroffen zu werden. Sie landeten mit Schwung inmitten der anderen.

»Hilfe!«, schrie jemand.

Dann purzelten alle durcheinander.

»Könnt ihr mir mal sagen, was ihr da macht?«, fragte eine blecherne Stimme.

Lene schaute sich erschrocken um. Aber es stand niemand in der geöffneten Tür. Auch kein Roboter.

»Das kam aus der Sprechanlage«, sagte Junis.

»Einer von euch kommt jetzt mal herein und erklärt mir, was dieser Tumult vor dem Revier soll«, tönte es daraus.

»Das traue ich mich nicht«, wisperte Saha.

»Ich gehe«, meinte Stulle.

Als er durch die riesige, elektrische Tür schritt, sah er noch kleiner aus als sonst. Geräuschlos und seltsam zögerlich schloss diese sich hinter ihm wieder.

»Hoffentlich kommt er da jemals wieder raus«, murmelte Cosmo.

»Warum sollte er denn da nicht wieder rauskommen?«, fragte Lene heftig.

Dann standen sie fünf sehr lange Minuten vor der verschlossenen Tür und starrten mit klopfenden Herzen darauf. Als sie sich schließlich geräuschlos wieder öffnete und Stulle aus dem Polizeirevier kam, waren alle erleichtert. Aber Stulle machte ein wütendes Gesicht und stapfte mit großen Schritten den Weg zurück, den sie vorhin gekommen waren. Die anderen folgten ihm.

»Und?«, fragte Bene schließlich.

»Nix und«, knurrte Stulle. »Entweder glauben die uns nicht oder die Polizei interessiert sich nicht für verschwundene alte Damen.«

»Was haben sie denn gesagt?«, fragte Lene.

»Dass wir schön wieder nach Hause gehen und die Polizei ihre Arbeit machen lassen sollen. Denn sie würden sich schon um alle wichtigen Dinge kümmern. Darum könnten wir auch beruhigt mit unseren Teddys spielen«, knurrte Stulle.

»Sauerei!«, schimpfte Cosmo.

»Ich habe gar keinen Teddy«, sagte Sara.

Saha dachte an Herrn Brumm, den sie am Wochenende ausgeklopft, gebürstet und neu eingekleidet hatte.

»Die nehmen uns nicht ernst«, stellte Junis fest.

»Das lassen wir uns aber nicht gefallen, oder?«, fragte Sara.

»Auf keinen Fall!«, erklärte Cosmo.

»Herr Mansur, haben Sie noch Tee übrig?«, rief Stulle, denn sie waren wieder am Laden angekommen.

»Ihr habt wohl kein Zuhause mehr?«, fragte Herr Mansur, goss aber schon die Teegläschen voll.

»Wir erklären Ihren Laden zu unserer Kommandozentrale«, bestimmte Stulle.

»Aha«, machte Herr Mansur. Seine Bartenden wippten ein wenig. Wahrscheinlich schmunzelte er dahinter. »Und was bedeutet das?«

»Wir befinden uns mitten in einem Kriminalfall um das seltsame Verschwinden einer älteren Dame. Obwohl die ziemlich auffällig nicht mehr da ist, scheint sich niemand dafür zu interessieren. Nicht einmal die Polizei. Das ist mehr als verdächtig. Irgendetwas stimmt ganz und gar nicht. Also müssen wir uns darum kümmern. Und dafür brauchen wir eine Kommandozentrale. Das ist Ihr Laden, Herr Mansur. Parole: Teetee.« Alle schauten Lene voller Staunen an. Noch niemand hatte sie je so viele Wörter sagen hören.

»Toll!«, rief Cosmo.

»Nicht wahr?«, sagte Lene strahlend.

Es war also abgemacht, dass sie Teetee suchen wollten. Am klügsten wäre es natürlich gewesen, erst einmal bei Teetee zu Hause vorbeizugehen. Aber sie hatten ja schon festgestellt, dass niemand wusste, wo die alte Frau wohnte.

»Wir wissen auch gar nicht, wie sie heißt«, sagte Junis. »Oder ist Teetee etwa ihr richtiger, echter Name?«

»Wahrscheinlich nicht«, gab Stulle zu.

»Es ist bestimmt eine Abkürzung. TT. Wie Tolle Tante oder Tanzende Tarantel«, überlegte Cosmo.

Die anderen mussten grinsen. Cosmo freute sich darüber. Saha fragte, was eine Tarantel sei.

»Eine riesige, haarige Wolfsspinne«, erklärte Bene. »Man dachte früher, wer von ihr gebissen würde, der müsste von ihrem Gift wie ein Verrückter tanzen.«

»Sag ich doch, Tanzende Tarantel«, meinte Cosmo zufrieden.

»Na ja, ganz richtig ist das nicht. Eine tanzende Tarantel wäre ja quasi ein toter Mörder, eine gestochene Mücke oder ein dickes Bonbon«, warf Stulle ein.

»Schaut mal, ich habe ein Bild von ihr gemacht«, unterbrach Sara das seltsame Gespräch.

»Von einer tanzenden Tarantel?«, fragte Cosmo verblüfft.

»Quatsch, von Teetee«, sagte Sara und hielt ihr Smartphone hoch. Vom Display lachte Teetee in einer bunten Küchenschürze. »Das war am Orangensafttag.«

»Da sieht sie aber nicht so aus wie sonst«, meinte Stulle. »Sie hat ihre Tasche nicht dabei und den Mantel nicht an.«

»Von der magischen Tasche haben wir doch auch mal ein Foto gemacht«, meinte Sara.

»Stimmt«, sagte Saha und freute sich über das Wir.

Sie hatten sogar zwei Bilder von der Tasche auf PrincessSaha veröffentlicht. Wie lange das schon her und wie viel inzwischen passiert war. Ihr Insta gab es nicht mehr, Sara und sie waren kurz keine Freundinnen gewesen, und nun steckten sie gemeinsam mit neuen Freunden in einem richtigen Kriminalfall. Das musste sie unbedingt alles ihren Eltern erzählen. Leider hatten die sich schon länger nicht mehr gemeldet. Plötzlich zwickte eine schlimme Sehnsucht in Sahas Bauch herum.

»Ist alles in Ordnung?«, fragte Junis leise.

Saha nickte tapfer und schluckte die dussligen Tränen runter. Junis grinste sie aufmunternd an und Saha lächelte zurück.

»Wir könnten beide Bilder auf ein Blatt drucken und noch eine Beschreibung von Teetee zufügen. Davon machen wir dann Kopien und hängen sie im Viertel auf«, schlug Bene vor.

»Das ist eine Spitzenidee. Eigentlich kennt jeder im Viertel die alte Frau. Irgendwer muss doch wissen, wo Teetee wohnt«, sagte Stulle.

»Ganz genau«, bestätigte Cosmo.

»Haben Sie zufällig einen Drucker, Herr Mansur?«, fragte Sara.

»Ich habe eine Menge Geräte in meinem Lager, sogar eine Orangensaftpresse und anscheinend auch einen unsichtbaren Eierausbrütautomaten, aber keinen Drucker. Tut mir leid«, sagte Herr Mansur bedauernd.

»Die Zettel können wir bei uns machen«, sagte Junis. »Im Arbeitszimmer meiner Mutter.«

»Klasse!« Cosmo schlug Junis freundschaftlich auf die Schulter.

Der zuckte dabei ein bisschen zusammen. Aber er lächelte Cosmo freundlich an. Die doofen Gedanken der letzten Tage waren vergessen. Auf beiden Seiten.

Wer hat Teetee gesehen? Wer weiß, wo sie wohnt?
Hinweise bitte an Herrn Mansur im Eckladen!
Normalerweise trägt sie einen Mantel!
Und eine magische Tasche (siehe Bild)!
Danke!

Das schrieben sie unter die beiden Fotos. Das Blatt kopierten sie dreißig Mal und hängten es überall im Viertel auf. Dabei spähten sie in alle Ecken, Winkel und Hauseingänge und hielten nach Teetee Ausschau. Doch die alte Dame war und blieb verschwunden. Also konnten sie nur abwarten, ob sich jemand meldete, der wusste, wo sie wohnte.

»Parole Teetee.«

»Parole Teetee«, begrüßten sie sich am nächsten Morgen vor Herrn Mansurs Laden. Sie hatten sich hier noch vor der Schule verabredet. Vielleicht gab es ja schon Neuigkeiten.

»Tut mir leid, es hat sich niemand gemeldet«, sagte Herr Mansur jedoch.

»Die Zettel hängen ja erst seit gestern Abend. Die Leute sehen sie bestimmt heute auf dem Weg zur Arbeit. Sie werden dann am Nachmittag auf ihrem Heimweg vorbeikommen und erzählen, was sie wissen«, sagte Lene hoffnungsvoll.

»Macht euch nicht so große Sorgen um Fräulein Teetee. Sie ist bestimmt nur zu Verwandten gefahren oder besucht Freunde«, munterte Herr Mansur die Kinder auf.

LEBENSMITTEL
Eis

Dabei sah er selbst ziemlich besorgt aus. Das konnte auch sein großer Bart nicht verstecken. Teetee war nun schon den vierten Tag verschwunden.

»Machen Sie sich aber auch keine schweren Gedanken, Herr Mansur«, erwiderte Junis.

»Wir werden die Dame Teetee schon finden«, rief Stulle.

»Auf alle Fälle«, sagte Cosmo.

»Bis nachher, Herr Mansur«, verabschiedete sich Saha für alle.

Dann liefen die sieben schnell zur Schule. Auf halbem Wege hörten sie die Glocke zum Unterrichtsbeginn läuten.

»Verdammt, jetzt sind wir zu spät!«, rief Bene voller Freude. Er war noch nie zu spät gewesen. Alleine wäre ihm das sicher auch niemals passiert, aber zusammen mit seinen neuen Freunden fühlte es sich wunderbar verboten an. Trotzdem. Sie mussten vorsichtig sein. Irgendetwas stimmte bei der ganzen Sache ganz und gar nicht. Das hatte nicht nur Lene gesagt, das sagte ihm auch sein Gefühl.

»Wir sollten uns vielleicht nicht so auffällig benehmen«, raunte Saha neben ihm.

Bene nickte. »Das habe ich mir auch gerade überlegt.«

»Es fühlt sich so an, als würde uns wer beobachten«, schnaufte Cosmo.

»Irgendetwas ist hier auf alle Fälle oberfaul«, meinte Stulle.

KAPITEL 12 –
bringt einen ersten Hinweis

»Herr Mansur, haben Sie auch Leberwurst und saure Gürkchen?«, fragte Cosmo.

»Ich habe große, frische Gurken. Aber keine Gürkchen. Und Leberwurst ist vom Schwein. Schweinefleisch verkaufe ich nicht«, antwortete Herr Mansur.

»Was mache ich denn nun?«, überlegte Cosmo.

Sie hatten beschlossen, zum Ausgleich für die perfekte Kommandozentrale und den vielen Pfefferminztee die Kekse und die Pistazien in Herrn Mansurs Laden einzukaufen. Die Eltern waren etwas überrascht und sehr erfreut gewesen, als ihre Kinder sie nach den Hausaufgaben um Geld und einen Einkaufszettel gebeten hatten. Nur Cosmo hatte nicht danach gefragt. Er lief ja sowieso jeden zweiten Tag zum Supermarkt.

»Kauf ein paar Kartoffeln und Zwiebeln«, schlug Stulle vor. »Das kann jeder gebrauchen.«

Die anderen hatten bereits prall gefüllte Einkaufsbeutel neben sich stehen. Cosmo fühlte sich ein bisschen verloren in dem Laden mit den vielen fremden Lebensmitteln.

Da entdeckte er in einer Ecke einige verstaubte Gläser mit Nutella.

»Ich nehme davon eins«, rief er erleichtert.

Nach dem Einkaufen machten sie es sich wieder auf der Bank und den Hockern vor dem Laden gemütlich.

»Schade, dass noch niemand einen Hinweis an Herrn Mansur gegeben hat«, sagte Saha.

»Ich hab's!«, rief Sara und haute vor Aufregung auf den Tisch.

Die Teegläser schwankten bedenklich.

»Hab ich mich jetzt erschrocken«, flüsterte Saha, die ganz blass geworden war.

»Was hast du?«, fragte Junis.

»Ich weiß, was seltsam war, warum wir heute Morgen alle so ein komisches Gefühl hatten«, sagte Sara.

Sie schaute von einem zum anderen. Aber niemand schien zu wissen, was sie meinte. Alle blickten sie fragend an. Sara begriff es auch erst in diesem Moment, obwohl sie es heute Morgen eigentlich schon gesehen hatte.

»Mach's nicht so spannend«, brummte Stulle.

»Mach ich doch gar nicht, ich bin nur selber so aufgeregt«, verteidigte Sara sich. »Die Zettel! Unsere Zettel, die wir gestern überall aufgehängt haben. Sie sind alle weg!«

Nun haute auch Cosmo auf den Tisch. Und Stulle. Die Teegläschen hatten keine Chance mehr. Drei von ihnen kippten um. Aber darum konnten die Kinder sich gerade nicht kümmern.

»Das stimmt!«, rief Bene.

»Psst! Nicht so laut«, wisperte Saha.

»Irgendjemand hat die alle abgehängt«, raunte Junis.

»Jemand, der uns beobachtet«, knurrte Cosmo.

»Vielleicht hat der auch Teetee entführt«, flüsterte Lene.

Erschrocken schauten die sieben sich an.

»Könnt ihr mir sagen, wo ich diesen Herrn Mansur finde?«, fragte da jemand.

Die Kinder um den Tisch zuckten so sehr zusammen, dass auch die restlichen Teegläschen umkippten. Saha sprang auf und holte schnell einen Lappen. Lene stellte die Gläschen wieder auf, Stulle half ihr dabei, Cosmo rettete die Schalen mit den Keksen und den Pistazien, und Junis wischte schon mal mit einem Taschentuch in der Teepfütze herum. Bene und Sara starrten das Mädchen an, das so plötzlich neben dem Tisch aufgetaucht war.

Sie war vielleicht sechzehn Jahre alt, trug grobe Boots, zerrissene Strumpfhosen und hatte blaue Haare. Doch das war nicht das Auffälligste an ihr. Auch die vier Piercings durch ihre linke Augenbraue waren das nicht. Sondern ihr dicker Bauch. Das Mädchen war hochschwanger.

»Herr Mansur ist im Laden«, antwortete Sara mit großen Augen. Sie konnte den Blick nicht von dem Bauch des Mädchens wenden. Wie war das möglich? Sie war doch noch nicht mal eine richtige Frau. Wie konnte sie dann schon ein Kind bekommen?

»Guck nicht so blöd«, fuhr das Mädchen sie an. »Kann jedem passieren.«

»Ich weiß ja nicht«, murmelte Bene.

Es gab Dinge, über die wollte er noch nicht genauer Bescheid wissen. Aber dass es nicht alltäglich war, dass ein Teenager bald ein Baby bekommen würde, war ihm schon klar.

»Habt ihr einen Tee für mich?«, fragte das Mädchen etwas versöhnlicher. »Falls der nicht komplett verschüttet ist.«

»Natürlich«, sagte Lene.

Das Tischlein war wieder sauber und in der großen Kanne noch genug Tee für eine weitere Füllung von sieben plus einem Gläschen. Das schwangere Mädchen quetschte sich mit auf die Bank. Saha saß direkt neben ihr. Darum konnte sie auch genau sehen, dass nicht nur die Strumpfhose des Mädchens zerrissen war, sondern auch ihre kurze Hose und der Pullover voller Löcher und Flecken waren. Sie roch auch ein bisschen streng. Saha hoffte, dass es jemanden gab, der sich um dieses Mädchen und ihr Baby kümmern würde. Obwohl sie gerade ein ganz seltsames Gefühl bekam. Sie wusste ja eigentlich schon immer, dass nicht alle Kinder behütet aufwuchsen. Genau deshalb waren ihre eigenen Eltern kaum zu Hause.

»Ich bin übrigens Lisa«, stellte das Mädchen sich vor und griff in die Schale mit den Keksen.

»Stulle«, sagte Stulle.

»Cosmo«, sagte Cosmo.

»Bene«, sagte Bene.

»Le–«

»Ach, lasst mal, kann ich mir sowieso nicht alle merken«, unterbrach Lisa die Vorstellungsrunde. Dieses Mal jedoch mit einem Lächeln.

»Darf ich dich mal fotografieren?«, fragte Sara. Dann schlug sie sich vor Schreck die Hand vor den Mund. Denn eigentlich hatte sie das nur denken wollen.

»Logo, müssen wir aber bald machen. Sonst bin ich zu zweit«, sagte Lisa und nahm sich eine Handvoll Pistazien. »Gibt es noch Tee?«

»Ja«, sagte Saha und goss das Gläschen noch einmal voll.

»Ich meinte jetzt gleich.« Sara zog ihr Smartphone aus der Tasche.

»Okay, dann spiele ich mal Fotomodell. Ich würde ja auch bei Germany's Next Topmodel mitmachen, wenn ich nicht gerade mit was anderem beschäftigt wäre«, sagte Lisa und lachte laut.

Sie stellte sich neben Herrn Mansurs Schaufenster und begann ein wenig albern zu posen. Aber so machten das die Models in den Zeitschriften und auf Instagram auch. Sara schoss ein paar Fotos. Dann setzten sie sich wieder zu den anderen auf die Bank. Lisa nahm sich noch einige Kekse. Sie schien großen Hunger zu haben.

»Was wolltest du denn eigentlich von Herrn Mansur?«, fragte Lene.

Sie hatte da nämlich eine bestimmte Ahnung. Lisa griff unter ihren Pulli und zog einen zusammengefalteten Zettel hervor. Darauf waren die Bilder von Teetee und der Tasche.

»Das ist Teetee. Sie wohnt bei uns im Haus. Aber sie ist seit vier Tagen nicht mehr aufgetaucht. Wir machen uns wirklich große Sorgen.«

»Wir uns auch!«, rief Lene.

»Wir hatten schon überlegt, ob wir mal zur Polizei gehen sollten«, erzählte Lisa. »Aber das ist keine so gute Idee. Rico gibt es nämlich offiziell gar nicht und ich … Ist jedenfalls besser, wenn sich Herr Mansur drum kümmert. Teetee und er sind sowieso gute Freunde. Komisch, dass er gar nicht wusste, wo sie wohnt.«

»Wer ist denn Rico?«, fragte Junis.

Im letzten Jahr hatte er einige Menschen kennengelernt, die es nicht gab, weil sie keine Papiere, keinen Ausweis oder einen Pass hatten.

»Wir wohnen zusammen in der alten Villa neben dem Eingangstor zum Park«, erklärte Lisa. »Kommt doch mal vorbei.«

»Mein Vater hat mir verboten, zu dem Haus zu gehen«, murmelte Cosmo.

»Verstehe, weil wir dort alle so gefährlich sind«, schnaufte Lisa und stand auf. »Ich mache mich mal vom Acker. Könnt ihr Herrn Mansur ausrichten, dass ich da war und gesagt habe, wo Teetee wohnt?«

»Machen wir«, sagte Lene, obwohl das ja nicht nötig war.

»Habt ihr die anderen Zettel im Viertel eigentlich auch abgehängt?«, fragte Bene.

Lisa schaute ihn verblüfft an. »Nee, warum sollten wir?«

Dann schlurfte sie davon.

»Das mit den Zetteln war jemand, der es nicht gut meint«, flüsterte Saha, als Lisa außer Hörweite war.

»Jemand, der irgendwas mit Teetees Verschwinden zu tun hat und nicht will, dass wir sie suchen«, wisperte Lene.

»Oder finden«, murmelte Sara.

»Wir müssen unbedingt bei der alten Villa vorbeigehen«, sagte Junis.

»Aber Teetee ist dort seit vier Tagen nicht mehr gewesen«, warf Cosmo ein.

»Vielleicht entdecken wir irgendwelche Hinweise, wo sie sein könnte«, meinte Bene.

»Mein Vater will wirklich nicht, dass ich zu dem Haus gehe«, sagte Cosmo.

»Meine Eltern ehrlich gesagt auch nicht«, brummelte Stulle.

»Omi sagt immer, da werden Drogen verkauft«, wisperte Saha. »Ich musste ihr ganz fest versprechen, dass ich niemals zur alten Villa gehe.«

»Vielleicht geht ja Herr Mansur mit uns hin«, schlug Lene vor.

Sie glaubte zwar nicht, dass es gefährlich sein würde, das Haus zu betreten. Aber sie wollte auch nicht, dass irgendjemand Ärger bekam und deswegen die Aktion Parole Teetee abgesagt werden musste.

»Ich weiß nicht«, meinte Junis. »Herr Mansur ist sehr mit seinem Laden beschäftigt.«

»Das Wichtigste ist, dass wir Teetee finden. Und falls wir einem echten Bösewicht auf der Spur sind, wird das nur klappen, wenn wir uns möglichst unauffällig verhalten«, sagte Stulle.

»Meinst du, so unauffällig wie gestern bei der Polizei?«, rutschte es Cosmo raus.

Da mussten sie alle kichern. Sogar Stulle.

»Wenn Teetee morgen noch nicht wieder da ist, gehen wir nach der Schule zur Villa«, bestimmte Lene. »Manchmal muss man für die gute Sache eben die Regeln brechen. Was ja auch nicht so schlimm ist, wenn die Regeln gar nicht nötig sind. Oder fandet ihr Lisa etwa gruselig und gefährlich?«

Alle schüttelten den Kopf.

KAPITEL 13 –
spielt in der alten Villa

In der großen Pause wollte sie endlich mit Herrn Heckmann über das Missverständnis zwischen ihnen reden. Es musste einfach ein Missverständnis gewesen sein, fand Frau Felgentreff. So ging es jedenfalls nicht weiter. Seit fünf Tagen sprachen sie kein Wort mehr miteinander. Sie bekam richtige Bauchschmerzen, wenn sie daran nur dachte. Dabei hatten sie sich so gut verstanden, als sie sich in ihrer Küche das Straußenrührei geteilt und von der weiten Welt geträumt hatten.

»Vielleicht haben wir uns ein bisschen zu gut verstanden, weißt du«, sagte sie zum Küken im Karton.

»Piep«, machte das Küken.

»Aber vielleicht kam es mir auch nur so vor? Vielleicht erwarte ich zu viel?«, fragte Frau Felgentreff sich selbst und auch das Küken.

»Piep. Piep«, machte das.

»Heute werde ich mit ihm reden«, bestimmte sie voller Tatendrang.

»Piep«, machte das Küken noch einmal, denn es war ein

ganz wunderbarer Gesprächspartner und immer Frau Felgentreffs Meinung.

Die Kinder waren sehr aufgeregt und konnten sich auf keinen Fall auf den Unterricht konzentrieren. Aber den mussten sie erst einmal überstehen, bevor sie sich ihrer wahren Aufgabe des Tages widmen konnten.

Trotzdem bemerkte Saha, dass auch Frau Felgentreff nicht ganz bei der Sache war. Genauso wie gestern. Und vorgestern und den Tag davor auch. Das kannte sie gar nicht von ihr. Ihre Lehrerin war doch sonst immer so aufmerksam und interessiert an dem, was ihre Schüler sagten.

»Was ist denn nur mit Frau Felgentreff los?«, raunte sie Sara zu.

»Die ist verliebt«, raunte ihre Freundin zurück.

»Woher weißt du das?«, fragte Saha. Sie schaute sich Frau Felgentreff noch einmal genauer an. Woran konnte man erkennen, dass jemand verliebt war?

»In wen denn?«, fragte sie leise.

»Na, in Herrn Heckmann. Ist doch klar.«

Wieso ist das denn klar?, fragte Saha sich. Woher wusste Sara so was alles?

»Liebe Sara, was ist denn so spannend, dass du gar nicht zuhören kannst?«, fragte Frau Felgentreff da.

»Ich habe Saha nur gesagt, dass Sie in Herrn Heckmann –«, platzte Sara heraus, bevor sie sich die Hand vor den Mund schlagen konnte.

»Auweia«, flüsterte Saha.

Lene, Stulle, Junis und Bene mussten kichern. Frau Felgentreff wurde rot wie eine Tomate. Doch unter dieser Tomatenröte musste sie lächeln. Das sah Sara ganz genau.

Endlich standen sie vor der alten Villa. Die hatte keine Klingel, aber die große Eingangstür war sowieso nur angelehnt.

»Hallo!«, rief Stulle und drückte sie ganz auf.

Zwar antwortete niemand, aber man konnte verschiedene Geräusche hören. Es waren also mehrere Leute im Haus. Die sieben drängten sich unschlüssig in der Diele.

»Ist da jemand?«, rief Bene.

Doch auch ihm antwortete niemand. Im oberen Geschoss wurde eine Tür zugeschlagen, dann wummerte dahinter laute Musik.

»Hier stinkt's«, raunte Sara.

Die Villa war sehr alt und bestimmt schon seit vielen, vielen Jahren nicht mehr renoviert worden. Die Wände zierten nur noch die Reste von Tapeten, die Holzdielen waren rissig und schief getreten. In der Diele standen verschiedene Ständer herum. Einer für Garderobe, einer für Schirme und einer für Schuhe. Sie waren leer. Eine Treppe führte nach oben und eine nach unten. Außerdem gab es vier Türen. Drei waren geschlossen und eine ausgehängt. Dahinter erkannte man die Küche und daraus kam ihnen jemand entgegen.

»Hey, was hat euch denn hierher verschlagen?«, fragte ein kahl geschorener Junge von vielleicht vierzehn Jahren.

Er grinste sie freundlich an, so dass man die ganze Pracht einer riesigen Zahnlücke bewundern konnte. Ihm fehlten mindestens eineinhalb Schneidezähne. Die anderen waren zwar noch da, dafür aber ziemlich dunkel.

»Ich bin Rico, der Koch«, stellte sich der Junge vor. »Und was seid ihr für eine ängstliche Schar?«

Rico war nicht besonders groß und sehr, sehr dünn. Er trug eine Jeans und ein T-Shirt. Darüber eine schmuddelige Kochschürze.

»Hallo, Rico der Koch«, sagte Junis. »Ich heiße Junis.«

Dann stellte er nacheinander die anderen vor.

Rico nickte. »Lisa hat schon von euch erzählt.«

Saha sah sich noch immer etwas ängstlich um. Obwohl Rico der Koch nett zu sein schien, fühlte sie sich nicht wirklich sicher. Wer wusste schon, ob hier nicht doch irgendwelche Drogen herumlagen. Sie spähte in alle Ecken. Dabei wusste sie gar nicht, was sie zu sehen befürchtete. Sie hatte nämlich keine Ahnung, wie Drogen überhaupt aussahen.

»Na, kommt mal rein in die gute Stube«, sagte Rico der Koch und winkte sie in die Küche. »Tut mir leid, dass es nicht so nett duftet, aber mir sind gerade die Kartoffeln angebrannt.«

»Ach, dann bist du wirklich ein Koch?«, fragte Stulle.

»Was dachtest du denn, warum ich mich sonst als Rico, der Koch, vorgestellt hätte?«, fragte Rico.

Stulle zuckte die Schultern. »Hätte ja sein können, dass das dein Spitzname ist, weil … weil …«

Rico fing an zu lachen. »Verstehe schon. Weil ich hier im Keller ein Labor habe, in dem ich heimlich verbotene Substanzen zusammenkoche, um sie auf dem Drogenmarkt anzubieten.«

Plötzlich mussten alle lachen. Obwohl keiner der sieben sich vorstellen konnte, was das genau bedeuten würde. Saha warf einen unsicheren Blick zurück. Dorthin, wo die Treppe in den Keller führte.

»Woher kommt denn dein Spitzname?«, fragte Rico Stulle.

»Vom Pausenbrot«, murmelte der und wurde ein bisschen rot.

»Echt?«, rief Cosmo und grinste fröhlich. Er hatte irgendwie immer gedacht, hinter Stulles ausgesuchtem Namen würde noch mehr stecken. Irgendein sehr cooles Geheimnis, das er noch nicht kannte.

»Angebrannte Kartoffeln riechen echt schlimm«, sagte Lene.

»Yep. Ich hab den Topf schon aus dem Fenster in den Garten geschmissen. Aber der Geruch wird hier wohl 'ne Weile rumhängen. Wollt ihr trotzdem mitessen?«

»Was gibt es denn?«, fragte Cosmo.

»Holt einfach irgendein Gemüse aus dem Garten. Mir fällt schon ein gutes Rezept dafür ein«, sagte Rico. »Wir haben Möhren, Erbsen, Bohnen, Spinat, Rüben, Kartoffeln, Zucchini, Gurken, Rote Bete und Topinambur. Teetee hat im Frühjahr mit uns die Beete angelegt.«

»Eigentlich gibt es ja bald Abendbrot … zu Hause«, unterbrach Saha Ricos Begeisterung für den Gemüsegarten.

»Wie schön«, brummte Rico der Koch.

»Teetee gärtnert also mit euch?«, fragte Junis schnell. Er wollte gern das Thema wechseln, außerdem konnte er sich die feine Dame gar nicht bei der Gartenarbeit vorstellen.

»Na klar«, sagte Rico und begann den Herd mit einer Drahtbürste zu schrubben. »Teetee ist die gute Seele der alten Villa. Sie kümmert sich. Um alles und um uns.«

»Wer seid ihr denn alle?«, fragte Bene.

»Oben wohnt Lisa, die kennt ihr ja schon. Sie hat jetzt das große Zimmer, aus dem die laute Musik dröhnt. Sie braucht ja den meisten Platz. Das Baby kommt in zwei Wochen. Darum rastet sie jetzt noch mal aus. Wenn es erst da ist, muss sie natürlich leiser sein. Unten wohnt Teetee. Und daneben hat Herr Obermayer ein Zimmer.«

»Der Penner wohnt hier auch?«, rutschte es Cosmo heraus.

Rico schaute ihn ernst an. »Ja. Seit etwa zwei Monaten. Herr Obermayer ist aber lieber draußen und kaum da«, sagte er dann mit Betonung auf Herr Obermayer.

Er schrubbte noch etwas stärker auf der Herdplatte herum, obwohl daran nichts Angebranntes oder Übergekochtes mehr klebte. Die anderen schauten ihm stumm dabei zu.

»Sorry übrigens, dass es hier so unordentlich ist«, meinte Rico schließlich. »Aber seit Teetee weg ist, bleibt alles liegen. Unser Hausplan funktioniert ohne sie einfach nicht.«

»Habt ihr denn keine Eltern, Lisa und du?«, fragte Saha leise.

»Nein«, antwortete Rico und hörte endlich mit der Schrubberei auf. »Manche Kinder haben keine Eltern und manche Eltern keine Kinder. So ist der Lauf der Welt.«

Saha musste schlucken. Rico klang traurig und wütend zugleich.

Aber dann grinste er wieder.

»Wie lange wohnt ihr denn schon hier zusammen?«, fragte Stulle.

»Teetee wohnt hier schon immer, glaube ich. Im Winter ist Lisa eingezogen. Teetee hatte sie im Park aufgegabelt. Da hatte Lisa gerade erfahren, dass sie schwanger ist. Na, und ich bin seit fünf Monaten hier.«

Vor vier Monaten hatte Oma sie vor der alten Villa gewarnt, dachte Saha.

Sara schaute sich in der Küche um. Die Möbel schienen sehr alt zu sein und der Herd war ein antikes Monster. Trotzdem gefiel es ihr hier. Auch wenn überall Lebensmittel herumstanden und sich das dreckige Geschirr in der Spüle stapelte. Es wäre ein tolles Fotomotiv. Besonders wenn Rico mit seiner großen Zahnlücke und der schmuddeligen Küchenschürze im Vordergrund stehen würde.

Aber eigentlich waren sie ja wegen etwas ganz anderem hier.

»Dürften wir vielleicht mal in Teetees Zimmer schauen?«, fragte Bene. »Wir wollen gucken, ob wir irgendwelche Hinweise finden, warum sie verschwunden ist.«

»Oder wohin«, murmelte Stulle.

»Und ob ihre magische Tasche noch da ist«, ergänzte Lene.

»Verstehe«, meinte Rico grinsend. »Teetees Tasche ist also magisch. Das erklärt so einiges.«

»Teetee würde zumindest niemals ohne diese Tasche aus dem Haus gehen«, sagte Lene.

»Das stimmt«, meinte Rico nachdenklich. »Wenn sie also noch hier ist, dann ist Teetee auf alle Fälle nicht freiwillig verreist. Da hätten wir auch selbst draufkommen können.«

Zusammen gingen sie durch die Diele und öffneten eine der Türen, die von dort abführten. Dahinter lag Teetees Reich. Es wirkte wie verzaubert. Es gab ein Bett, einen Tisch und einen Stuhl davor, sowie einen Schrank und eine Kommode. Alle Möbel waren im selben Stil und sehr verschnörkelt. Sie sahen aus, als hätten sie schon an einem anderen Ort gestanden. In einem kleinen französischen Schloss zum Beispiel. Es gab auch Spitzengardinen und Häkeldeckchen, Porzellanvögel und Kristallvasen sowie einige Ölgemälde an den Wänden.

Aufmerksam sahen die Kinder sich um. Sie trauten sich kaum zu atmen. Es war mehr als merkwürdig, in Teetees Zimmer zu stehen. Bis vor wenigen Tagen war sie die seltsame Alte gewesen, vor der sich alle ein wenig gegruselt hatten. Und nun schien sie plötzlich ganz nah und fast so etwas wie eine Freundin zu sein. Allerdings eine vermisste Freundin.

Sara deutete auf eine offen stehende Schublade. Weil alles andere sehr ordentlich war, störte die richtig. Sie zog sie noch ein Stück weiter auf.

»Papiere und so was«, sagte sie.

Vorsichtig hob sie einige der Blätter an und überflog, was da stand.

»All die offiziellen Sachen, die Erwachsene so haben«, meinte Bene, der neben sie getreten war.

»Irgendjemand hat dadrin was gesucht«, sagte Lene aufgeregt.

»Da ist sie!«, rief Sara in dem Moment.

Tatsächlich. Auf einem kleinen Schemel in der Ecke stand dick und bauchig Teetees magische Tasche.

»Auweia«, wisperte Saha. »Teetee hätte sie nie-niemals zurückgelassen.«

Beherzt schritt Stulle auf die Tasche zu. Die anderen hielten die Luft an. Stulle atmete noch einmal tief ein. Dann griff er nach dem Klappverschluss und öffnete ihn vorsichtig. Er zog die Tasche auseinander, beugte sich darüber und starrte hinein.

»Und? Was ist drin?«, flüsterte Lene.

Stulle richtete sich wieder auf, verschloss die Tasche und drehte sich zu seinen Freunden um.

»Nichts«, sagte er tonlos. »Die Tasche ist leer.«

KAPITEL 14 –
scheint eine abgekartete Sache zu sein

Nun war es also klar: Teetee war nicht freiwillig gegangen. Und was bedeutete es, wenn eine Person tagelang verschwunden war, und das nicht freiwillig?

»Teetee wurde entführt«, sagte Bene mit Grabesstimme, als sie wieder auf der Straße standen.

»Wir müssen sie retten!«, ereiferte Cosmo sich.

Alle nickten. Das war klar. Sie mussten Teetee retten. Aber dafür mussten sie sie erst einmal finden.

»Mein Vater hat nur mit den Schultern gezuckt, als ich ihm gestern Abend gesagt habe, dass Teetee verschwunden ist«, erzählte Stulle.

»Meine Mutter wollte gar nichts davon hören«, sagte Sara.

Saha wusste nicht, was Omi darüber denken würde. Sie hatte ihr lieber nichts über Parole Teetee erzählt.

»Mein Vater meinte auch, ich soll mich nicht in fremde Angelegenheiten einmischen. Aber das ist doch egal, was unsere Eltern sagen. Wir müssen Teetee einfach retten!«, beharrte Cosmo.

Ohne es zu merken, ballte er seine Faust in der Hosentasche. Er würde nicht zulassen, dass der alten Dame etwas Schlimmes passierte. Und er hoffte, dass das auch noch nicht passiert war. Er hatte immer seine frechen Reime über sie gemacht, weil sie ihn irgendwie gegruselt hatte. Aber jetzt war alles anders.

»Sie war immer für uns da«, sagte Lene leise.

»Sie war für alle im Viertel da«, bestätigte Stulle.

»Aber wo fangen wir denn an zu suchen?«, rief Saha ein wenig panisch. »Sie könnte überall sein. Irgendwo in diesem Viertel, in dieser Stadt oder sogar ganz woanders.«

»In einem anderen Land, auf einem anderen Kontinent, auf einer Insel, auf dem Mond, verschollen im All«, murmelte Sara. Es war schwierig, all die Bilder zurückzudrängen, die sich mal wieder vor ihr inneres Auge schoben.

Die anderen redeten alle durcheinander. Saha schluchzte auf.

»Wir müssen logisch bleiben«, versuchte Junis seine Freunde zu beruhigen. Er kam aus einem Land, in dem es öfter passierte, dass Menschen über Nacht einfach verschwanden. Aber auch wenn das nichts ganz Neues für ihn war, bedeutete es nicht, dass es sich weniger schlimm und beängstigend anfühlte. Junis wusste jedoch, dass Panik, Verzweiflung und Furcht nicht helfen würden, die alte Dame zu finden.

»Wir müssen genau überlegen, welche Spuren es gibt. Und wenn uns keine auffallen, dann müssen wir eben noch mal besser hinsehen«, sagte er.

»Und wir müssen das Motiv herausfinden«, rief Lene. »Warum wollte jemand Teetee aus dem Weg schaffen? Wen störte sie? Und wobei? Wenn wir diese Fragen beantworten können, haben wir den Entführer.«

Dann schauten sich alle entschlossen an. Es war schrecklich, dass Teetee spurlos verschwunden war. Aber sie würden sie suchen und finden.

»Parole Teetee«, raunte Lene aufgeregt.

»Parole Teetee«, antworteten die anderen.

In der Kommandozentrale hielten sie eine Lagebesprechung ab. Das war wichtig, obwohl sie lieber sofort losgezogen wären. Aber wie Sara gesagt hatte, Teetee hätte überall sein können. (Sie tranken allerdings keinen Tee während der Besprechung, dafür war wirklich keine Zeit.)

Sie hatten zusammengelegt und ein buntes Notizbuch bei Herrn Mansur gekauft. Darin notierte Lene alles, was ihnen zu Teetees Verschwinden einfiel.

- Teetee wohnt in der alten Villa zusammen mit Rico und Lisa (bald auch mit Lisas Baby). Herr Obermayer hat auch ein Zimmer in der Villa, ist aber kaum da. Teetee kümmert sich um das Haus, den Garten und die Bewohner.
- Teetee hat immer und allen im Viertel geholfen.
- Teetee verschwand vor fünf Tagen.
- Zum letzten Mal sahen Stulle, Lene und Cosmo Teetee im Park mit Herrn Obermayer.

- Teetee schenkte Stulle an diesem Tag eine Vogelpfeife.
- Cosmo gab Teetee das Reimlexikon zurück.
- Zur Verabredung mit Junis bei Herrn Mansur eine Stunde später kam Teetee nicht.
- Eine Schublade in Teetees ansonsten sehr ordentlichem Zimmer stand offen. Darin lagen Papiere. (Hatte Teetee eilig etwas gesucht? Oder jemand anders?)
- Teetees magische Tasche ist in ihrem Zimmer in der Villa. Sie ist leer.
- Alle Zettel, die wir aufgehängt hatten, waren am nächsten Tag verschwunden. (Einen hatte Lisa zum Glück vorher gesehen.)

»Keine richtige Spur und kein echter Hinweis«, murmelte Saha.

»Das stimmt nicht«, widersprach Lene aufgeregt. »Erstens müssen wir Herrn Obermayer fragen. Er ist vielleicht der Letzte, der Teetee gesehen hat. Zweitens ist die Tasche noch da, ohne die Teetee niemals freiwillig gegangen wäre. Drittens stand eine Schublade in ihrem Zimmer auf. Jemand hat darin etwas gesucht. Viertens …« Lene senkte die Stimme zu einem Flüstern. Die sieben steckten die Köpfe zusammen. »Jemand scheint alles im Auge zu behalten. Jemand, der nicht weit sein kann. Denn er hat unsere Zettel entdeckt und wieder abgehängt.«

»Derjenige hat dann wahrscheinlich auch gesehen, dass wir heute in der Villa waren«, sagte Junis.

»Wir müssen uns ab sofort noch unauffälliger verhalten«, raunte Bene und alle nickten.

»Verdammt, Abendbrotzeit«, sagte Cosmo da.

»Huch, es ist ja schon so spät!«, rief Saha aufgeschreckt. »Omi wartet auf mich.«

Alle brachen hektisch auf. Obwohl es das Allerwichtigste war, Teetee so schnell wie möglich zu retten, fand ja trotzdem noch das andere Leben statt. Das, in dem es Familien und Eltern gab, Abendbrot, Hausaufgaben und einen Wecker, der morgens viel zu früh klingeln würde.

Als Bene nach Hause kam, hörte er Gemurmel aus dem Wohnzimmer. War sein Vater etwa schon zu Hause? Er schaute schnell auf die Uhr. Zum Glück war es erst kurz vor sieben und er noch nicht zu spät. Gerade als er die Tür öffnen und einen guten Abend wünschen wollte, kam seine Mutter aus dem Wohnzimmer.

»Bene, Schatz, wir beide abendbroten heute in der Küche. Vater hat Besuch«, sagte sie, gab Bene einen Kuss und verschloss dann die Wohnzimmertür wieder.

Doch nicht schnell genug. Denn etwas war noch bis an Benes Ohr gedrungen. Einige Worte, die der Gast seines Vaters gerade in dem Moment gesagt hatte.

Bene starrte die Tür an. Hatte er sich gerade verhört? Oder konnte das wirklich sein?

»Hilfst du mir bitte«, rief seine Mutter aus der Küche in seine Gedanken hinein.

Bene deckte wie ein Roboter den Tisch. Genauso mechanisch setzte er sich und belegte sich eine Schnitte. Seine Mutter plauderte über ihren Tag (an dem nicht viel passiert war). Bene hörte jedoch nur mit halbem Ohr zu. Mit den anderen anderthalb versuchte er, Richtung Wohnzimmer zu lauschen. Als seine Mutter vorhin dort herausgekommen war, hatte er nämlich die Worte *Villa am Stadtpark* verstanden.

»Krimis, in denen der Zufall die Lösung bringt, sind total unrealistisch«, murmelte er.

»Was sagst du, mein Schatz?«, fragte seine Mutter und lächelte ihn an.

»Ach, nichts«, sagte Bene.

»Möchtest du dann vielleicht noch ein Stück Käse, mein Schatz?«

Vielleicht hatte er auch nur *Villa am Stadtpark* verstanden, weil er sowieso die ganze Zeit daran denken musste. Es war genauso gut möglich, dass sein Vater mit seinem Gast stattdessen über *Godzilla (arm, satt, stark)* geredet hatte. Das hörte sich ganz ähnlich an.

Blödsinn, dachte Bene.

»Nein, danke, keinen Käse«, sagte er. »Wer ist denn da zu Besuch?«

»Doktor Bernius. Den kennst du ja.«

»Aha«, machte Bene und schluckte den letzten Bissen seines Brotes hinunter.

Am liebsten wäre er ins Wohnzimmer hinübergelaufen. Was besprachen sein Vater und der Zahnarzt? Bene wusste, dass die beiden Schulfreunde waren. Aber dass sie gerade keine Kindheitserinnerungen austauschten, war klar wie Kloßbrühe. Denn dann hätten sie mal gelacht und das Gespräch wäre laut und fröhlich durch die geschlossene Wohnzimmertür gedrungen. Genauso wie wenn sie über *Godzilla (arm, satt, stark)* geplaudert hätten. Sie schienen aber extra leise zu reden. Darum konnte Bene kein weiteres Wort verstehen.

»Sollte ich Papa und Doktor Bernius nicht mal einen schönen Abend wünschen?«, drängte er.

Zum Glück nickte seine Mutter. »Du hast recht, das wäre höflich. Kannst du bitte bei der Gelegenheit fragen, ob sie noch irgendeinen Wunsch haben?«

Bene sprang auf und öffnete, ohne anzuklopfen, sehr leise die Wohnzimmertür. Sein Plan ging auf. Bevor einer der Männer ihn bemerkte, schnappte er einige Gesprächsfetzen auf.

»Sie muss einfach zur Vernunft kommen«, sagte Doktor Bernius. »Fünfzigtausend sind doch eine Ansage und kein Pappenstiel.«

»Ich schaue mir den Vertrag noch mal an«, sagte Benes Vater, der Anwalt war und sich mit Verträgen sehr gut auskannte.

»Oh, wer hat sich denn da hereingeschlichen?«, rief da blöderweise Doktor Bernius.

»Benedict, was gibt es?«, fragte sein Vater.

»Ich wollte nur einen guten Abend wünschen«, antwortete Bene.

»Guten Abend«, sagte Doktor Bernius.

Die beiden Männer sahen ihn abwartend an.

»Mama lässt fragen, ob ihr noch irgendetwas braucht«, sagte Bene schnell.

»Gegen ein weiteres Bierchen hätte ich nichts einzuwenden«, meinte Doktor Bernius.

»Benedict, bist du so nett«, brummte sein Vater.

»Gerne«, sagte Bene.

Er ließ die Wohnzimmertür offen stehen und ging zurück in die Küche. Ganz leise öffnete er den Kühlschrank und nahm vorsichtig zwei Bierflaschen heraus. Die ganze Zeit spitzte er die Ohren. Doch leider hatten die Männer ihr Gespräch unterbrochen. Sie fuhren damit auch nicht fort, als Bene äußerst umständlich die Flaschen öffnete, um sie den Männern schließlich sehr langsam zu reichen.

»Danke«, sagte Doktor Bernius. »Du solltest mal wieder in meine Praxis kommen, Benedict. Zur Kontrolle.«

»Mache ich«, murmelte Bene.

»Jetzt kannst du wieder gehen, Benedict«, sagte sein Vater. »Und schließe die Tür hinter dir.«

Bene lief, so langsam er konnte, Richtung Flur. Bitte, bitte lass sie noch irgendetwas sagen, flehte er innerlich. Dann war er draußen und zog die Tür Zentimeter für Zentimeter hinter sich zu. Leider ergriff weder sein Vater noch Doktor Bernius das Wort, bis die Tür ins Schloss schnappte.

Bene verzog sich in sein Zimmer. Er musste dringend seine Gedanken ordnen.

Wenn die beiden sich nicht über ein japanisches Filmmonster unterhalten hatten, dann hatte er Folgendes gehört:

- Villa am Stadtpark
- Sie muss zur Vernunft kommen
- Fünfzigtausend sind eine Ansage und kein Pappenstiel
- Ich schaue mir den Vertrag noch mal an

Und wenn er sich das Gehörte richtig zusammenreimte, dann konnte es sein, dass Doktor Bernius und sein Vater über die alte Villa redeten, in der sie heute mit Rico in der Küche gestanden hatten und aus der Teetee verschwunden war. Dass Teetee fünfzigtausend Euro bekommen sollte, wenn sie zur Vernunft gekommen war. Außerdem gab es irgendeinen Vertrag, den sich sein Vater noch einmal anschauen wollte. Hatte der womöglich vorher in der offenen Schublade in Teetees Zimmer gelegen? Oder nicht mehr, weil jemand ihn gestohlen hatte? Benes Herz klopfte bis zum Hals. Er musste das unbedingt den anderen erzählen.

Er konnte den Verdacht nicht abschütteln, dass die beiden Männer im Wohnzimmer irgendetwas im Schilde führten. Warum sonst war Teetee seit Tagen verschwunden? Das konnte doch kein Zufall sein. Oder?

Plötzlich war es Bene eiskalt. Als hätte er nur in Unterhosen einen riesigen Schneemann gebaut. Tatsächlich hatte ihn ein schrecklicher Gedanke mit aller Macht getroffen: Einer dieser beiden Männer ist mein eigener Vater.

Bene hoffte von ganzem Herzen, dass er sich nur einen großen Quatsch zusammengereimt hatte.

KAPITEL 15 –
ist sehr blutig

Wie jeden Morgen wachte Bene auf, bevor sein Wecker klingelte. Er stellte ihn aus und blieb liegen. Er hatte noch niemals geschwänzt, aber heute wollte er zu Hause bleiben. Wenigstens die ersten beiden Stunden. Nicht weil er zu faul oder zu müde war, sondern weil er unbedingt mit seinem Vater sprechen musste. Er musste einfach wissen, ob er da irgendwie mit drinhing. Und wenn ja, in was überhaupt. Bene zog noch einmal die Decke über den Kopf.

Wenige Minuten später wurde seine Zimmertür aufgerissen.

»Schatz!«, rief seine Mutter. »Du hast verschlafen. Auf, auf!«

»Mama, mir geht es nicht gut«, jammerte Bene.

»Mein armer Schatz«, sagte seine Mutter sofort besorgt und setzte sich zu ihm aufs Bett. »Was ist denn los?«

»Ich habe Kopfschmerzen«, raunte Bene.

»Ich koche dir einen Tee«, sagte seine Mutter und strich ihm über den Kopf. »Bleib ruhig liegen.«

Als Bene eine halbe Stunde später hörte, wie sein Vater sich zum Frühstücken am Esstisch niederließ, stand er jedoch auf und tapste in die Küche.

»Ist schon besser«, sagte er zu seiner Mutter und setzte sich zu seinem Vater. »Ich esse noch ein Müsli und dann gehe ich in die Schule.«

»Das ist mein Sohn«, sagte sein Vater zufrieden hinter seinem Laptop hervor.

Manchmal fragte Bene sich, ob sein Vater weiterleben würde, wenn ihm den mal einer wegnähme. Der Rechner war irgendwie zu einem zusätzlichen Körperteil seines Vaters geworden. Bene hatte ihn noch niemals ohne gesehen. Zumindest konnte er sich nicht daran erinnern.

»Ein Benedict wird nicht krank. Und vor allem jammert er nicht«, fuhr Benes Vater fort, der übrigens auch Benedict hieß.

Bene grinste ihn an.

»Genau«, sagte er und schämte sich ein bisschen.

Er mochte es ja eigentlich gar nicht, wenn sein Vater so sprach, aber irgendwie musste er das Gespräch eröffnen.

»Wenn ich erwachsen bin, möchte ich auch so viel und so gut arbeiten wie du«, sagte er.

Hoffentlich trug er nicht zu dick auf. Seine Mutter schaute ihn schon so komisch an. Doch seinem Vater schienen Benes Worte zu gefallen, denn er nickte ihm zu.

»Woran arbeitest du eigentlich gerade?«, fragte Bene.

»Verschiedenes«, antwortete sein Vater. »Würdest du nicht verstehen.«

Bene schluckte. Wenn du wüsstest, dachte er. Aber ihm war klar, dass er so nicht weiterkam. Er musste ihn direkt fragen. Entweder war an der ganzen Sache nichts dran und sein Vater würde seine Fragen nicht seltsam finden. Oder eben nicht. Über diese Möglichkeit wollte Bene allerdings nicht zu intensiv nachdenken. Denn dann wurde ihm direkt wieder schlecht.

»Kennst du eigentlich die alte Villa am Stadtpark?«, fragte er so unbekümmert wie möglich.

Benes Vater antwortete nicht. Er klappte allerdings seinen Laptop zu. Bene nahm sich schnell eine Portion Müsli, obwohl er absolut keinen Hunger hatte. Aber er wusste nicht, wo er hinschauen oder was er sonst tun sollte.

»Redest du von dem alten Haus, in das die Obdachlosen eingezogen sind?«, fragte seine Mutter alarmiert.

»Das sind Rico, Lisa und Herr Obermayer«, rutschte es Bene heraus.

»Ich glaube, das Haus gehört der merkwür–«, murmelte seine Mutter.

»Warum fragst du nach der alten Villa?«, unterbrach sein Vater seine Frau und nahm die Brille von der Nase.

Aufmerksam schaute er Bene an. Er hatte ebenso hellblaue Augen wie dieser. Bene rutschte auf seinem Stuhl herum. Wie sollte er bloß weitermachen? Erst einmal aß er einen Löffel Müsli, obwohl ihm das sofort zu den Ohren herauskam.

»Nun, dann eben nicht«, sagte sein Vater ungeduldig und stand auf. Für ihn schien das Thema erledigt zu sein. Oder er wollte es erledigt wissen.

»Es ist wegen Teetee, die dort wohnt«, warf Bene schnell ein. »Sie ist verschwunden.«

»Verschwunden?«, fragte sein Vater verwundert.

»Wir haben sie seit Tagen nicht gesehen. Niemand von uns«, sagte Bene.

»Vielleicht ist sie verreist?«, warf seine Mutter ein.

»Oder sie besucht jemanden«, meinte sein Vater. »Nur weil jemand mal einige Tage nicht durch die Straßen läuft, heißt das ja nicht, dass er verschwunden ist.«

»Vielleicht geht es ihr nicht gut und sie hütet das Bett«, sagte Benes Mutter.

Bene schüttelte den Kopf. »Wir wollten sie besuchen, sie war nicht zu Hause.«

»Ihr wart in der alten Villa? Etwa ohne einen Erwachsenen?«, rief Benes Mutter entsetzt.

»Ach, Mama, hör doch mal auf. Die Leute, die da wohnen, sind alle sehr nett.«

»Auch der alte Penner, der –«

»Mama, *Penner* ist ein blödes Wort.«

»Mach dir mal keine Sorgen um die alte Frau. Für die wird bald gut gesorgt sein«, sagte da Benes Vater und nahm seinen Rechner vom Küchentisch.

So wie sein Vater das sagte, glaubte er wohl wirklich daran. Und nun war auch klar, dass er und Doktor Bernius gestern tatsächlich von Teetee und der alten Villa gesprochen hatten. Aber worum war es dabei genau gegangen?

Frau Felgentreff hatte die ersten beiden Stunden frei. Sie saß vor Herrn Mansurs Laden, trank süßen Pfefferminztee und aß Mandelkekse. Der Einkaufsbeutel zu ihren Füßen war mit Weizenkörnern, getrocknetem Mais, einigen Möhren und Äpfeln gefüllt. Das meiste davon war für das Küken bestimmt.

»Es bekommt jetzt langsam Federn«, erzählte sie Herrn Mansur.

»Dann braucht es auch ein paar Insekten oder Würmer. Sonst brechen die wieder ab.« Herr Mansur kannte sich mit Hühnern aus.

»Hätten Sie denn so etwas im Angebot?«, fragte Frau Felgentreff.

Herr Mansur lachte so sehr, dass sein Bart wackelte. »Wenn Sie sich auf die Lauer legen, können Sie im Keller sicher ein paar Asseln fangen. Oder im Park Regenwürmer ausgraben. Aber am besten gehen Sie in einen Zooladen und kaufen Mehlwürmer.«

»Es ist schön, dass Sie mal wieder lachen«, sagte Frau Felgentreff. »Sie schauen schon den ganzen Morgen so bekümmert.«

»Ich mache mir große Sorgen um Fräulein Teetee«, sagte Herr Mansur und schaute wieder sehr bekümmert. »Sie ist jetzt den sechsten Tag verschwunden. Ich sage Ihnen, da geht etwas nicht mit rechten Dingen zu. Ich kann es gar nicht erwarten, wenn die Kinder heute zum Tee kommen und mir berichten, was sie herausgefunden haben.«

»Mir ist auch aufgefallen, dass ich die alte Dame länger nicht gesehen habe«, sagte Frau Felgentreff. »Aber dass es schon sechs Tage sind, hätte ich nicht gedacht. Als wir uns das letzte Mal zufällig trafen, machte sie eine sehr seltsame Bemerkung. Ich erinnere mich an die Gänsehaut, die ich davon bekam.«

»Aber Fräulein Felgentreff! Was hat sie denn gesagt?«, rief Herr Mansur aufgeregt.

»Frau Felgentreff, bitte. Das weiß ich leider nicht mehr.«

»Ach, Sie sind verheiratet? Wie schade, dass Sie das nicht mehr wissen.«

»Nein, nein. Das bin ich gar nicht. Hier in Deutschland sagen wir nicht – aber das ist ja jetzt ganz egal. Was meinen Sie, wo könnte Fräulein Te–, ähm, Frau Teetee nur sein?«

»Wenn das einer wüsste.«

Herr Mansur seufzte und Frau Felgentreff biss sich auf die Lippe. Sie hatte in den letzten Tagen eigentlich jede Sekunde an Herrn Heckmann gedacht. Davon war ihr inzwischen schon ganz schwindelig. Sie hatten das Missverständnis geklärt und waren miteinander ausgegangen. Morgen wollten sie zum See fahren und sie brauchte dringend einen neuen Bikini.

»Ich wusste gar nicht, dass die Kinder nach Teetee suchen«, fuhr Frau Felgentreff fort.

Sie hatte natürlich bemerkt, dass sieben ihrer Schüler Freundschaft geschlossen hatten, und sich darüber gefreut. Vor allem, weil Junis dabei war. Doch ihr war nicht klar gewesen, dass die Kinder sich ernsthafte Sorgen um das Verschwinden der alten Dame machten.

Gedankenverloren knabberte Frau Felgentreff ihre Mandelkekse und Herr Mansur strich sich durch den Bart.

Plötzlich unterbrach ein Knack die nachdenkliche Stille.

»Oh!«, rief Frau Felgentreff und hielt sich die Hand vor den Mund.

»Was ist passiert?«, fragte Herr Mansur erschrocken.

»Mir ist ein Stück vom Backenzahn abgebrochen«, sagte Frau Felgentreff.

»Dann sollten Sie lieber schnell zu Doktor Bernius gehen«, empfahl Herr Mansur.

Stulle marschierte durch das große Tor und über den Kieshof. Dann stand er vor einem Backsteinkasten und starrte auf die Tür, die sich hinter seiner Mutter wieder geschlossen hatte. Stulle hatte es nicht eilig. Er hasste dieses Haus im Hinterhof. Es war rotbraun wie altes Blut. Wahrscheinlich war es einst das Haus eines Schlachters gewesen. Früher hatten im ganzen Viertel hauptsächlich Schlachter und Metzger gewohnt. Und die Farbe der Steine war auch für den Handwerker, der heute darin praktizierte, sehr passend.

Aber es nutzte gar nichts, draußen noch ein wenig Zeit verstreichen zu lassen. Stulle musste hinein. Einmal im Jahr. Darauf bestand seine Mutter.

Zahnarztpraxis Doktor Bernius verkündete das große Schild auf der Tür. Stulle wusste, dass es besonders schlimm werden würde. Heute war er nicht bloß zur Kontrolle da. Heute würde Doktor Bernius ihm zwei Milchzähne ziehen, die einfach nicht von allein ausfallen wollten.

Stulle seufzte. Gerade wollte er gegen die Tür drücken, da öffnete sie sich von innen.

»Jetzt komm doch mal«, drängte seine Mutter.

»Ab auf die Schlachtbank«, murmelte Stulle und fasste sich ein Herz.

Es war egal, ob er sich das nur einbildete oder ob es wirklich so schlimm war. Stulle hatte das Gefühl, Doktor Bernius würde in seinem Mund stundenlang mit großen Zangen zwacken, mit Meißeln brechen, mit Schraubenziehern drehen und mit Hämmern schlagen.

»Na, siehst du«, sagte seine Mutter jedoch. »Das ging so schnell, das hast du doch gar nicht gemerkt.«

Von wegen, dachte Stulle grimmig. Sagen konnte er nichts. Er starrte auf die beiden Zähne, die Doktor Bernius auf dem kleinen Zahnarztschwenktisch abgelegt hatte. Sie waren blutverschmiert und hatten lange Wurzeln. Hatte ihm der brutale Typ etwa zwei bleibende Zähne gezogen?

»Manchmal bilden auch Milchzähne Wurzeln aus«, sagte da der Zahnarzt, als hätte er Stulles Gedanken gelesen. »Bitte ausspucken.«

Stulle spuckte einen langen Blutfaden aus. Der Geschmack nach Eisen war eklig.

»Mund auf«, befahl Doktor Bernius.

Er klemmte ihm zwei Wattetampons auf die untere Zahnreihe.

»Fest zusammenbeißen.«

Stulle biss seine Zähne so fest zusammen, als gäbe es dafür einen Preis zu gewinnen. Zumindest konnte man so einen Blutsturz vermeiden oder wenigstens die Blutung stoppen.

»Ösch musch mol ofsch Klo«, sagte er dann.

Er hatte die ganze Zeit eingehalten. Nun ging das nicht mehr.

»Geh ruhig«, sagte Doktor Bernius. »Aber vergiss nicht, fest auf die Tampons zu beißen. Mindestens eine halbe Stunde lang. Wenn du magst, kannst du danach noch in die Schule gehen.«

Normalerweise hätte Stulle gedacht, Doktor Bernius hätte sie nicht mehr alle. Wer würde denn nach so einer schweren Operation in die Schule gehen wollen? Aber heute wollte er tatsächlich noch hin. Es gab nämlich eine sehr ungünstige Regel in Stulles Zuhause. Wer nicht in die Schule gehen konnte, der durfte sich auch am Nachmittag nicht mit seinen Freunden treffen. Doch das war unbedingt nötig.

Stulle huschte mit fest zusammengebissenen Zähnen in die Kabine, setzte sich auf die Toilettenbrille und pinkelte. Da hörte er plötzlich ein seltsames Geräusch neben sich. Stulle wendete den Kopf. Da war nur der Heizkörper. Doch der klopfte. Er gluckerte nicht, wie es manche Heizungen taten, wenn irgendwo Luft eingeschlossen war. Nein, er klopfte. Und wenn Stulle sich nicht irrte, dann klopfte er in einem bestimmten Rhythmus. War das vielleicht das Morsealphabet? Verdammt, Stulle wusste es nicht, denn er hatte es nie gelernt. Ein großer Fehler, wie er jetzt feststellte. Drei kurze Klopfer, drei lange, drei kurze. *Divididit dahdahdah dididit.* Doch, das kannte er. SOS. Rette mich!

Stulle bekam vor Aufregung kaum noch Luft und beinahe hätte er die matschigen Wattedinger verschluckt. Er klopfte zurück. Er wusste nicht, wie man *Ich habe dich gehört* morst. Darum klopfte er einfach einen Walzertakt. *Dum di di. Dum di di.* Das war ein bisschen albern, aber etwas anderes fiel ihm gerade nicht ein. Dann wartete er. Kurz danach klopfte es wieder. *Dumdum di di. Dumdum di di.* Zumindest beinahe und so ähnlich. Wer auch immer am anderen Ende des Heizungsrohrs hockte, würde ihn bestimmt verstehen.

Plötzlich klopfte es wieder. Stulle schrak zusammen. Denn dieses Mal klopfte es an der Klotür.

»Entschuldigen Sie bitte, ich müsste auch mal dringend auf die Toilette«, rief jemand.

»Ösch bön förtösch«, versuchte Stulle an den Tampons vorbei zu rufen.

Dann sprang er vom Klo und zog sich die Hosen hoch.

Vor der Tür stand Frau Felgentreff.

»Oh, hallo, Stulle«, sagte sie. »Ach, du meine Güte, ich sehe schon. Du musst dir schnell den Mund abwaschen.«

Sollte Stulle ihr vom Klopfen erzählen? Aber wie, mit diesen doofen Watteteilen im Mund? Rausnehmen konnte er die nicht. Die Blutsturzgefahr war noch nicht vorüber.

Er war ein mutiger Junge. Wenn man so klein war wie er, machte man eben besonders große Schritte. Aber bei echtem Blut sah die Sache anders aus.

Stulle lauschte. Die Heizung klopfte nicht mehr. Frau Felgentreff war auch schon längst in der Kabine verschwunden. Seine Lehrerin beim Pinkeln zu stören, traute er sich sowieso nicht.

Vor Aufregung hätte Stulle beinahe vergessen, sich die Hände zu waschen. Als er in den Spiegel über dem Waschbecken schaute, sah er zwei blutige Rinnsale, die sein Kinn hinunterliefen. Er sah aus wie ein Vampir nach einer großen Mahlzeit.

Da steckte seine Mutter den Kopf zur Toilettentür herein.

»Wo bleibst du denn?«

»Ösch kumme«, sagte Stulle.

Er musste so schnell wie möglich die Blutung stoppen, die Wattetampons loswerden und in die Schule gehen. Es gab eine Spur. Nicht nur heiß, sondern kochend. Die führte auf alle Fälle am Heizungsrohr entlang direkt in den Keller unter der Zahnarztpraxis von Doktor Bernius. Und vielleicht auch zur verschwundenen Teetee.

KAPITEL 16 –
führt zwei lose Fäden zusammen

Bene ging doch erst zur letzten Stunde in die Schule. Er hatte sich noch viele Gedanken gemacht und lange überlegt, wie er es den anderen erzählen sollte. Erstens wusste er selbst noch nicht so genau, was er da wirklich erfahren hatte. Zweitens war die ganze Sache nicht so einfach, weil sein Vater ja mit drinsteckte.

Vor der Stunde sagte er den anderen schnell, dass er ihnen unbedingt direkt nach der Schule etwas äußerst Wichtiges erzählen müsse.

»Warum nicht gleich?«, fragte Sara.

Doch da kam schon Frau Felgentreff (mit repariertem Backenzahn) zur Tür herein und der Unterricht begann. Hinter ihr schlüpfte Stulle noch durch die Tür. Er wirkte sehr aufgeregt. Und er schien den Mund voller Blut zu haben. Frau Felgentreff wunderte sich, dass er überhaupt noch gekommen war.

Als sie nach der letzten Stunde sieben ihrer Schüler bat, ihr ins Lehrerzimmer zu folgen, weil sie etwas mit ihnen besprechen wollte, schüttelten die Kinder jedoch die Köpfe.

»Jetzt haben wir überhaupt keine Zeit, Frau Felgentreff«, rief Lene. »Keine Zeit für Hausis, Mittagessen und anderen Kram. Wir müssen sofort in die Kommandozentrale.«

»Aber –«, setzte Frau Felgentreff an.

Doch da waren die sieben schon losgestürmt.

»Wenn der Berg nicht zum Propheten kommt, dann muss der Prophet eben zum Berg«, murmelte Frau Felgentreff vor sich hin. Was sie damit meinte, war, dass sie ihre Sachen ins Lehrerzimmer bringen und dann zu Herrn Mansurs Laden laufen würde.

In die Kommandozentrale.

Sie musste lächeln.

»Isch musch eusch dringend wasch schagen«, keuchte Stulle auf dem Weg zu Herrn Mansurs Laden. Auch ohne die Tampons hörte er sich ziemlich nuschelig an. Ihn ärgerte das ein bisschen. Immerhin hatte er gewaltige Neuigkeiten.

»Bene auch. Er hat –«, fiel ihm Cosmo ins Wort.

»Psst!«, zischte Lene. »Nicht so laut. Wir werden doch beobachtet.«

»Isch habe schie! Isch habe schie! Alscho, vielleischt«, brach es aus Stulle heraus.

»Pscht!«, machte Sara und warf einen der Hocker um. Der kleine Tisch wackelte und zwei Teegläschen fielen klirrend herunter. (Schon wieder. Sie gingen aber zum Glück nicht kaputt.)

Saha machte vor lauter Aufregung das Leisezeichen, legte

einen Finger auf den Mund und streckte den anderen Arm in die Höhe. Cosmo machte aus Versehen mit.

»Falls ihr denkt, dass wir besonders unauffällig sind, dann stimmt das nicht«, sagte Junis und schüttelte den Kopf.

»Kinder!« Herr Mansur kam aus dem Laden gerannt.

»Was ist mit euch los?«, rief er. »Ihr seid ja so aufgeregt. Habt ihr etwas herausgefunden?«

»Psst!«, machten nun alle.

Junis schlug sich in gespielter Verzweiflung die flache Hand gegen den Kopf.

»Leute!«, mahnte er.

»Ins Lager«, bestimmte Herr Mansur und ging voran.

Die sieben stapften hinterdrein.

Darum konnte auch Frau Felgentreff, die einen Moment später am Laden ankam, niemanden entdecken.

»Seltsam«, murmelte sie. Ihr gefiel das nicht. »Vielleicht sollte ich Herrn Heckmann anrufen?«

Ihr Herz machte einen extragroßen Hüpfer.

»Das wäre nicht zum Vergnügen. Irgendetwas stimmt hier nämlich nicht«, ermahnte sie es.

Dann lenkte sie ihre Schritte erst einmal in die Innenstadt und rief Herrn Heckmann doch nicht an. Sie wollte sich ja noch den neuen Bikini kaufen. Bei dem Gedanken daran, dass sie mit Herrn Heckmann einen Ausflug an den See machen würde, machte Frau Felgentreffs Herz noch einen extragroßen Hüpfer. Und dann noch einen. Sie würde später noch einmal bei Herrn Mansur nach den Kindern schauen.

Diese und Herr Mansur verteilten sich währenddessen im Lager auf den einzelnen Säcken voller Nüsse, Linsen, Bohnen und Zwiebeln.

»Isch musch eusch unbedingt –«, begann Stulle.

»Sorry, Stulle. Erst ist Bene dran«, unterbrach Cosmo seinen Freund.

»Aber –«, begann Stulle erneut.

Nichts konnte doch wichtiger sein als die SOS-klopfende Spur, die in Doktor Bernius' Praxis führte.

»Ich weiß, warum Teetee entführt wurde und wer die Entführer sind«, platzte da aber Bene heraus.

Stulle starrte ihn an und nickte. Ich auch, kann sein, also vielleicht, wollte er sagen. Aber plötzlich schmeckte er wieder Blut. Oh nein! Er hatte extra lange auf die durchweichten Tampons gebissen. Tapfer schluckte er das Blut hinunter. Vielleicht half es, wenn er kurz die Zähne zusammenbiss, auch wenn er keine Wattetampons im Mund hatte.

Bene erzählte derweil schnell, was er gestern von seinem Vater und Doktor Bernius gehört hatte.

»Ha! Dabei könnte es sich ja um die größte Gemeinheit der Welt handeln!«, rief Lene.

»Warum das denn?«, fragte Saha.

»Na, überlegt doch mal«, ereiferte Lene sich. »Wenn es wirklich um die alte Villa geht, in der Teetee mit den anderen wohnt, dann sollen die bestimmt ausziehen.«

»Wie kommst du denn da drauf?«, fragte Cosmo.

»Na, was denn sonst?«, sprang Sara Lene zur Seite. »Das

passt alles zusammen. Teetee und die anderen sollen aus dem Haus und dafür kriegen sie fünfzigtausend Euro.«

»Also gehört die alte Villa Doktor Bernius?«, fragte Junis.

Die anderen nickten.

»Wahrscheinlich. Sonst würde das doch alles keinen Sinn ergeben«, sagte Bene leise.

»Vielleicht will Doktor Bernius das schöne Haus sanieren und dann selbst dort einziehen«, überlegte Saha.

»Ist ja auch toll, so direkt am Park«, meinte Sara spöttisch. »Das gönnt man nicht jedem.«

»Trotzdem ist das komisch. Warum sollte Doktor Bernius Teetee denn bestechen, wenn es sein Haus ist?«, fragte Cosmo.

»Der kann die alte Dame ja nicht einfach auf die Straße setzen«, meinte Sara. »Da gibt es Bestimmungen.«

»Und anscheinend auch einen besonderen Vertrag«, murmelte Bene.

»Teetee soll also fünfzigtausend Euro kriegen, wenn sie freiwillig aus dem Haus auszieht«, fasste Cosmo die Überlegungen zusammen. »Oder Benes Vater findet irgendeinen Grund in diesem besonderen Vertrag, damit das Rauswerfen auch ohne Bezahlung funktioniert.«

Sechs Augenpaare richteten sich auf Bene, der sich am liebsten hinter einem Sack Bohnen versteckt hätte.

Saha strich ihm sacht über den Arm. »Du kannst ja nichts dafür«, wisperte sie.

»Dann lieber die fünfzigtausend«, brummte Cosmo.

»Von wegen. Wenn Teetee, Lisa, das Baby, Rico und Herr Obermayer ihr Zuhause verlieren, wäre das Geld kein Ersatz dafür«, meinte Lene. »Wo sollen die denn hin? Für fünfzigtausend Euro kann man kein neues Haus kaufen.«

»Was für eine Gemeinheit«, murmelte Junis.

Die anderen nickten. Dann redeten sie vor Empörung alle gleichzeitig. Cosmo boxte die Luft. Stulle schluckte. Er war völlig durcheinander. Denn er wollte so gerne erzählen, was er glaubte, herausgefunden zu haben. Traute sich aber nicht, die Zähne voneinander zu lösen.

»Stulle, was wolltest du uns eigentlich sagen?«, fragte Lene ihn da.

Stulle schluckte noch einmal.

»Ich habe Teetee gefunden«, stieß er schließlich hervor. Ganz ohne *sch*, trotz des Blutes. »Also, ich glaube, dass ich Teetee gefunden habe.«

»Was? Warum sagst du das denn nicht gleich?«, schrien nun wieder alle durcheinander. Das Chaos war perfekt.

»Lasst Stulle doch mal erzählen«, unterbrach Lene das Geschrei.

Und dann erzählte Stulle endlich, was er vorhin beim Zahnarzt erlebt hatte.

»Es könnte wirklich Teetee sein, die da unten gefangen ist«, meinte Junis.

»Passt doch wie die Faust aufs Auge, ist ja immerhin der Keller von Doktor Bernius«, knurrte Cosmo. »Was für ein mieser Kerl.«

Diesmal schaute niemand zu Bene. Extra nicht.

»Wir müssen irgendwie in diesen Keller kommen«, sagte der schnell.

Alle nickten.

»Das hört sich nicht ganz ungefährlich an«, warf Herr Mansur ein, der die ganze Zeit stumm dabeigesessen und nachdenklich seinen Bart gezwirbelt hatte. »Vielleicht solltet ihr stattdessen lieber zur Polizei gehen.«

»Ha! Wenn Sie wüssten«, stöhnte Stulle grimmig.

»Die nehmen uns sowieso nicht ernst. Wenn Stulle denen was von Klopfzeichen auf dem Klo erzählt, dann lachen die uns nur wieder aus«, sagte Lene.

»Und wenn Bene dann noch damit anfängt, dass sein Vater, der Anwalt, und Doktor Bernius, der Zahnarzt … Nee, nee, das würden die uns nie glauben«, knurrte Cosmo.

Die sieben und Herr Mansur schauten sich etwas hilflos an.

»Verdammt, die Villa«, raunte Junis. »Teetee, Rico, Lisa, das Baby und Herr Obermayer dürfen ihr Zuhause nicht verlieren.«

»Auf keinen Fall«, sagte Sara.

»Und dafür werden wir sorgen«, bestimmte Stulle und schluckte einen weiteren Mund voll Blut hinunter.

»Wie denn?«, fragte Saha leise.

»Mission eins: Teetee befreien. Mission zwei: ihr Zuhause retten«, sagte Lene. »Wie wir das genau machen, weiß ich noch nicht. Aber uns wird schon etwas einfallen.«

»Parole Teetee«, sagte Stulle.

»Parole Teetee«, wiederholten alle anderen. Sogar Herr Mansur.

»Okay«, begann Lene zu planen. »Wir gehen jetzt trotzdem erst mal kurz jeder zu sich nach Hause.«

»Nur Mittagessen, keine Hausis«, fiel Bene ihr ins Wort. »Sagt einfach, wir hätten nichts auf. Die Eltern dürfen keinen Verdacht schöpfen –«

»Auch nicht die Beobachter«, warf Saha ein und blickte unsicher zu Bene. Der lächelte sie schief an. Saha lächelte noch ein bisschen schiefer zurück.

»Meint ihr, dass die uns tatsächlich beobachten?«, fragte Stulle. »Ich lag heute auf Doktor Bernius' Zahnarztstuhl. Er hätte mir sonst was antun können, um mich zu warnen.«

»Hat er doch auch!«, rief Sara.

Sie zog ihr Smartphone hervor und machte ein Foto. Dann reichte sie Stulle das Gerät rüber. Vom Display schaute ihm wieder ein Vampir entgegen.

Eine Stunde später trafen sie sich an der Mauer, hinter der das Haus mit Doktor Bernius' Praxis lag.

»Lasst uns erst mal die Lage hinterm Haus checken«, schlug Bene vor. »Wenn wir schnell über den Hof und um das Haus laufen, dann sieht uns keiner.«

Eigentlich kannten sie sich hier gut aus. Junis war natürlich noch nicht in seiner Praxis gewesen, alle anderen gingen regelmäßig zu Doktor Bernius. Aber normalerweise betraten sie das Haus von vorn.

»Und wenn Doktor Bernius gerade aus dem Fenster schaut?«, überlegte Saha.

»Das wäre doof«, sagte Cosmo.

»Das Ganze ist sowieso keine gute Idee«, meinte Sara. »Die Kellerfenster sind viel zu klein, da kommen wir gar nicht rein. Wir müssen über das Treppenhaus in den Keller runter.«

»Aber vielleicht steht eines der Fenster offen«, widersprach Stulle. »Und wir können Kontakt zu Teetee aufnehmen.«

»Wenn sie überhaupt da unten ist«, murmelte Cosmo.

»Am besten teilen wir uns auf«, übernahm Lene die Planung. »Bene und Cosmo schauen hinterm Haus, ob sie durch ein Fenster mit Teetee reden können. Sara, Junis und ich versuchen, über das Treppenhaus in den Keller zu kommen und –«

»Und ich muss dringend noch mal in die Praxis. Diese Blutungen sind ja nicht normal«, unterbrach Stulle sie.

»Ich gehe mit Stulle«, sagte Saha.

»Gute Idee«, meinte Lene. »Ihr geht als Erstes und lenkt den Arzt und seine Helferinnen ab. Wahrscheinlich ist nämlich gar kein anderer Patient mehr da. Die Praxis macht in fünf Minuten zu.«

»Warum warten wir dann nicht, bis die Praxis schließt und alle gegangen sind?«, fragte Junis.

»Weil Doktor Bernius über der Praxis wohnt und gar nicht gehen würde«, sagte Bene.

»Höchstens in den Keller«, knurrte Stulle.

»Außerdem schließt er dann die Eingangstür ab«, sagte Sara.

»Verstehe«, meinte Junis.

»Jeder macht nur das, was er nach Plan tun soll«, fügte Lene noch hinzu. »Wenn etwas schiefgeht, laufen wir sofort zu Herrn Mansurs Laden.«

»Sollten wir uns dann nicht lieber gegenseitig retten?«, fragte Saha.

»Auf gar keinen Fall«, sagte Junis. »Vielleicht weiß der ehrenwerte Doktor ja doch nicht, dass wir zusammengehören. Das ist unser Vorteil, den sollten wir nicht riskieren.«

»Verstanden«, brummte Cosmo und die anderen nickten.

KAPITEL 17 –
läuft völlig schief

Zuerst gingen Stulle und Saha auf die Tür des Bluthauses zu. Besser gesagt, Stulle lief und Saha tippelte auf Zehenspitzen.

»Saha, das ist zu auffällig«, raunte Stulle.

»Oh, stimmt«, wisperte sie.

Sie bemühte sich, normal zu laufen. Sie mussten sich ja nicht verstecken. Stulle brauchte dringend einen Arzt, so wie ihm das Blut das Kinn hinunterlief. Und sie begleitete ihren Freund. Das war nichts Ungewöhnliches und konnte auch keinen Verdacht erregen.

Mit einem Klacken fiel die Eingangstür hinter ihnen wieder ins Schloss.

»Sie sind drin«, raunte Cosmo mit einer Stimme, die direkt aus der Gruft zu kommen schien.

»Na, dann los«, meinte Bene.

Bene und Cosmo schlichen, so schnell sie konnten, am Rand des Hofes über den Kies.

Cosmo überlegte kurz, ob er sich zur Sicherheit auf halbem Wege hinter einem Busch verstecken sollte, der da zur Zierde stand. In Agentenfilmen machten sie es genauso.

Zwischendrin die Lage checken war wichtig. Doch dann fiel ihm auf, dass er viel dicker war als der Busch. Jeder würde ihn dahinter sehen können. Erst recht Doktor Bernius von oben, falls der aus dem Fenster schauen würde.

Das Knirschen der kleinen weißen Steinchen schien nie lauter gewesen sein. Komisch, sonst habe ich das nie gehört, dachte Cosmo.

»Alles klar?«, raunte Bene, als sie endlich um die hintere Hausecke gebogen waren.

Cosmo nickte und holte tief Luft. Er hatte ganz vergessen zu atmen.

Sie liefen die hintere Längsseite des Hauses ab. Die Kellerfenster waren tatsächlich winzig. Insgesamt gab es vier Stück. Schmale Schlitze, die direkt aus dem Rasen zu kommen schienen. Sie waren mit Latten vernagelt. Nur das letzte hatte eine Scheibe. Die war allerdings so schmutzig, dass man nicht hineinschauen konnte. Es stand ein Stückchen offen und lag direkt unter dem Klofenster im Stockwerk darüber. Daher musste das Klopfen gekommen sein, das Stulle gehört hatte. Bene ließ sich auf allen vieren davor nieder.

»Hallo, ist da jemand?«, rief er leise und pochte gegen die Scheibe.

»Und?«, fragte Cosmo aufgeregt und hockte sich neben Bene.

Sie lauschten. Da war irgendetwas zu hören. Sie waren sich nicht ganz sicher. Aber jemand schien in dem Raum dahinter zu sein.

»Teetee, sind Sie da unten?«, fragte Cosmo etwas lauter.

Wieder lauschten sie. Wieder schien es ein Geräusch im Kellerraum zu geben, aber eine eindeutige Antwort bekamen sie nicht. Niemand klopfte von innen SOS oder rief um Hilfe.

Da hörten sie jedoch etwas anderes. Direkt über ihnen wurde ein Fenster geöffnet. Es musste das im Praxisraum eins sein. Der lag nämlich nach hinten. Verdammt!

»Nix wie weg!«, japste Cosmo.

Sie sprangen auf und rannten, so schnell sie konnten, um das Haus herum über den knirschenden Kies und zum Tor hinaus. Erst hinter der Mauer blieben sie stehen, um kurz zu verschnaufen.

»So was Doofes!«, schimpfte Bene.

Cosmo hatte keine Luft, um irgendetwas zu sagen. Schweigend liefen die beiden zu Herrn Mansurs Laden.

»Hoffentlich haben die anderen mehr Glück«, murmelte Cosmo, als er wieder murmeln konnte.

»Aha, ich sehe schon«, sagte die Sprechstundenhilfe, als Stulle und Saha in die Praxis traten. »Kannst gleich im Behandlungszimmer eins Platz nehmen. Und du wartest einfach im Wartezimmer.«

Stulle und Saha nickten sich noch einmal zu. Dann trennten sich ihre Wege.

Stulle kletterte auf den Behandlungsstuhl. Sein Herz klopfte zum Zerspringen, obwohl er zum ersten Mal keine

Angst vor Doktor Bernius hatte. Die hatte er dafür vor *Herrn* Bernius und seinen eventuellen Machenschaften.

Die Zahnarzthelferin legte Stulle ein Papierlätzchen um.

»Du brauchst keine Angst zu haben«, murmelte sie.

Stulle nickte und versuchte, seinen Atem zu beruhigen.

»Dann lass uns mal schauen, was los ist«, sagte Doktor Bernius.

Er trat an den Stuhl heran und setzte seine Brille auf die Nase. Stulle legte den Kopf nach hinten und öffnete den Mund.

»Du warst doch heute Morgen schon hier«, stellte der Zahnarzt fest.

Stulle nickte.

»Und was willst du nun?«

Doktor Bernius schob die Brille auf den Kopf zurück und schaute Stulle aufmerksam an. Nein, nicht nur aufmerksam. Stulle hatte den Eindruck, der Blick des Zahnarztes war misstrauisch. Geradezu lauernd.

»Es hört nicht auf zu bluten«, krächzte Stulle.

»Stell dich nicht so an, Kind. Ein bisschen Blut ist doch nichts Dramatisches. Darfst eben nicht an den Wunden saugen.« Doktor Bernius klang ungehalten.

Außerdem zog er die Augenbrauen finster zusammen. So hatte ihn Stulle noch nie erlebt. Ärgerte er sich nur, weil er wegen Stulle noch nicht Feierabend machen konnte? Oder ahnte er, dass Stulle mehr über ihn wusste, als ihm lieb sein konnte? Mit anderen Worten, war Doktor Bernius im Bilde über ihre Nachforschungen? Und war er, Stulle, gerade in höchster Gefahr? Immerhin lagen hier eine Menge Foltergeräte herum.

In dem Moment kam die Sprechstundenhilfe herein. Sie sah äußerst aufgewühlt aus. Stulle hielt die Luft an und spitzte die Ohren. Doch die Frau sagte nichts, sondern machte nur aufgeregte Zeichen. Dann beugte sie sich Doktor Bernius entgegen und flüsterte ihm etwas ins Ohr. Stulle war sich ganz sicher, das Wort *Keller* gehört zu haben. Verdammt!

»Geh nach Hause«, herrschte Doktor Bernius ihn an und verließ im Eilschritt mit der Frau den Praxisraum.

Würden sie jetzt in den Keller laufen? Oder hinters Haus? Stulle musste die anderen warnen. Zumindest Bene und Cosmo konnte er erreichen.

Er rutschte vom Behandlungsstuhl und lief zum Fenster. Das war sehr groß und der Hebel ließ sich nur schwer bewegen. Aber schließlich gelang es ihm, das Fenster zu öffnen. Er beugte sich hinaus. Von Bene und Cosmo gab es jedoch keine Spur hinterm Haus.

»Wo sind die denn nur?«, schimpfte Stulle vor sich hin.

Er machte das Fenster wieder zu und lief aus dem Behandlungszimmer. Die Tür zum Treppenhaus stand offen.

»Hallo!«, flüsterte Stulle.

Niemand antwortete ihm. Er schien der Einzige zu sein, der noch hier war. Stulle sprintete zum Wartezimmer. Es lag völlig verwaist. Wo war Saha?

»Kommandozentrale«, murmelte Stulle und flitzte los.

Nachdem Cosmo und Bene verschwunden waren, schlichen Lene, Junis und Sara zum Hauseingang. Schnell schlüpften sie hinein. Sie mussten einfach hoffen, dass niemand sie gesehen hatte. Statt wie sonst die linke Treppe nach oben zur Praxis zu nehmen, tapsten sie langsam und so leise sie konnten die schmale Stiege ins Kellerdunkel hinunter.

»Eine Taschenlampe wäre jetzt super«, flüsterte Junis.

»Das habe ich auch gerade gedacht«, wisperte Lene.

Sie hatte schon öfter die Idee gehabt, sich eine kleine Ausrüstung für besondere Situationen zuzulegen. Ein Taschenmesser, eine Lampe, ein Seil. Was man eben so braucht, wenn man plötzlich in ein Abenteuer gerät. Nun ärgerte sie sich, dass sie diese Idee noch nicht in die Tat umgesetzt hatte.

»Kein Problem«, wisperte Sara und plötzlich strahlte eine helle Lampe vor ihnen auf. »Taschenlampenapp.«

Am Ende der schmalen Treppe führte ein kurzer Gang auf eine Metalltür zu.

»Die steht einen Spalt offen«, stellte Junis fest.

Die drei schlüpften hindurch. Sie befanden sich nun in einem großen Kellerraum. Überall standen Kisten und Kästen herum, veraltete Zahnarztapparaturen, Stühle und alte Schränke. Am gegenüberliegenden Ende war eine zweite Tür in der Wand. Sara deutete mit der Smartphone-Taschenlampe darauf.

»Dahinter ist bestimmt Teetee«, flüsterte sie.

Die drei suchten sich einen Weg durch all den Kram im Kellerraum. Junis drückte auf die Klinke. Abgeschlossen.

»War ja klar«, murmelte Lene und wollte eben leise anklopfen.

In dem Moment gab es einen lauten Knall. Die drei fuhren herum.

»Die Stahltür ist zugefallen«, rief Sara.

»Der Knall war superlaut. Bestimmt kommt gleich jemand runter, um nachzuschauen«, raunte Junis erschrocken.

»Wir müssen sofort zurück zur Kommandozentrale«, bestimmte Lene.

Sie rannten, so schnell sie konnten, durch den zugestellten Kellerraum und wollten gemeinsam die Tür wieder aufstoßen. Doch das war nicht möglich.

»Wieso geht die nicht wieder auf?«, fragte Sara.

Da hörten sie einen Schlüssel, der auf der anderen Seite im Schloss herumgedreht wurde.

»Jemand hat uns eingeschlossen!«, rief Lene.

Sie klopften und hämmerten gegen die Tür.

»Lassen Sie uns sofort wieder raus!«, schrie Junis.

Aber niemand antwortete und keiner öffnete die Tür. Dann ging auch noch das Licht des Smartphones aus.

»Verdammt, der Akku ist leer«, schimpfte Sara.

Saha musste auf die Toilette, schon länger. Sie hielt eine Weile ein. Vielleicht sollte sie lieber im Wartezimmer bleiben, bereit, für was auch immer? Aber dann ging das einfach nicht mehr. Stulle saß im Behandlungszimmer eins, es war bestimmt genug Zeit, um mal aufs Klo zu gehen.

Da hörte sie den Knall. Saha schrak zusammen und war sehr froh, dass sie schon auf der Toilette saß. Sonst hätte es vielleicht ein peinliches Missgeschick gegeben.

Was war da eben passiert? Was hatte so laut geknallt? Vorher war jemand hektisch durch die Praxis gelaufen. Das hatte sie gehört, als sie sich die Hose heruntergezogen hatte.

Plötzlich hatte Saha das Gefühl, völlig allein in der Praxis zu sein. Aber sie war doch zusammen mit Stulle gekommen. Am Empfang arbeitete die Sprechstundenhilfe und eine Zahnarzthelferin gab es auch. Ganz zu schweigen von Doktor Bernius, für den Stulle bestimmt gerade seinen Mund öffnete. Trotzdem. Das Gefühl, allein zu sein, war so stark, dass Saha es beinahe anfassen konnte. Auch wenn das komisch klang.

Da bemerkte sie ein merkwürdiges Geräusch. Erschrocken schaute sie sich um. Na klar, sie saß doch direkt neben der Heizung, in der Stulle das Klopfen gehört hatte! Gerade klopfte sie allerdings nicht. Stattdessen war da ein Rauschen, ein Säuseln, ein Wispern. Eine Geisterstimme, die nach ihr zu rufen schien.

Saha strich über die Gänsehaut, die auf ihren Armen gewachsen war. Dann rutschte sie von der Toilette, wischte sich ab und zog ihre Jeans wieder hoch. Nun war sie bereit zu fliehen. Falls das notwendig werden würde.

Sie lauschte noch einmal dem grusligen Munkeln in der Heizung nach. Was war das nur?

»Jemand raunt etwas durchs Heizungsrohr«, wurde ihr plötzlich klar.

Saha schaute sich die Heizung und das Rohr genauer an und entdeckte das Rostloch. Sie hatte keine große Ahnung von Heizungsanlagen. Aber sie wusste, dass durch Heizungsrohre normalerweise Wasser floss. Mit so einem großen Rostloch war das natürlich nicht möglich. Das Wasser war abgelassen. Kein Tropfen kam aus dem Rohr. Aber das gespenstische Raunen.

Saha kniete sich vor das Rostloch und presste ihr Ohr daran. Nun hörte sie es ganz deutlich. Am anderen Ende des Rohrs schien jemand zu wimmern und zu weinen. Es hörte sich ganz und gar schrecklich an. Und sehr, sehr verzweifelt.

»Hallo?«, flüsterte Saha in das Loch hinein. »Ist da jemand?«

Vielleicht konnte derjenige am anderen Ende sie ebenso hören wie sie ihn. Doch das schien nicht zu funktionieren. Zumindest erhielt sie keine Antwort. Ununterbrochen drang das leise Wimmern an ihr Ohr.

»Stulle und ich müssen in die Kommandozentrale«, beschloss Saha. »Wir brauchen einen neuen Plan. Denn dieser hier ist ja wohl gründlich schiefgegangen.«

Sie öffnete vorsichtig die Klotür und schlich auf Zehenspitzen hinaus. Sie war tatsächlich völlig allein in der Praxis. Wo ist Stulle?, fragte sie sich panisch.

Dann lief sie das Treppenhaus hinunter, aus dem Haus hinaus, über den Hof und die Straße entlang zur Kommandozentrale.

KAPITEL 18 –
ist für die Katz

Im Kellerdunkel hockten Junis, Sara und Lene dicht aneinandergedrängt auf einem alten Kartoffelsack. Mit den Rücken lehnten sie an der Tür, hinter der vielleicht Teetee gefangen gehalten wurde. Doch sosehr sie auch pochten und nach ihr riefen, sie antwortete nicht.

»Vielleicht ist sie gar nicht hier«, vermutete Sara.

»Ich kann aber ganz deutlich etwas hören«, murmelte Junis.

»Ich auch«, sagte Lene.

»Manchmal will man ja auch unbedingt was hören, und dann hört man es wirklich, obwohl es gar nicht da ist«, meinte Sara.

»Klar, so was gibt es«, sagte Junis. »Aber gerade nicht.«

Das stimmte. Sara konnte es nämlich auch hören. Hinter der Tür war jemand. Jemand, der nicht auf ihr Pochen und Rufen antwortete. Der aber leise weinte.

»Das ist ganz schön gruselig«, wisperte Sara.

Sie konnte das im Dunkeln nicht sehen, aber Lene und Junis nickten. Es war gruselig. Dass hinter der verschlossenen Tür jemand weinte, aber nicht antwortete. Und dass sie hier eingeschlossen worden waren. Von jemandem, der etwas Mieses im Schilde führte. Und der eine Zahnarztpraxis voller Folterwerkzeuge besaß.

Für einen Moment war es ruhig. Nur in irgendeiner Ecke raschelte es. Klar, Mäuse konnte man nicht im Keller einsperren. Sie kamen überall rein und auch wieder raus.

»So was Blödes«, raunte Junis in die Stille.

Obwohl er das überhaupt nicht wollte, schluchzte er leise auf. Er hoffte sehr, die Mädels würden es nicht hören. Sara legte einen Arm um ihn.

»Es wird alles gut. Die anderen holen bestimmt längst Hilfe«, murmelte sie.

»Das weiß ich doch«, raunte Junis. »Es ist trotzdem grauenvoll hier unten. So muffig, kalt und dunkel.«

Noch schlimmer war natürlich, dass sie nicht wussten, wie lange sie in diesem Keller gefangen gehalten werden würden. Und was Doktor Bernius mit ihnen anstellte, wenn er sie endlich freiließ.

»Ich habe Angst«, flüsterte Lene.

Sie hatte sich immer gerne vorgestellt, dass sie in einem spannenden Buch war und die Geschichte wirklich miterlebte. Aber ein Buch konnte man einfach zuklappen, wenn es zu brenzlig wurde oder man mal eine Pause vom Abenteuer brauchte. Im echten Leben gab es keinen Pausenknopf.

»Ich auch«, raunte Junis.

Sara schluckte. Natürlich hatte sie ebenfalls Angst. Diese

Situation war furchterregend. Sara konnte sich nicht erinnern, dass sie so etwas schon einmal erlebt hatte. Sie konnte sich eigentlich an gar nichts richtig dolle Schlimmes in ihrem bisherigen Leben erinnern. Klar, sie hatte schon öfter Angst gehabt, war auch schon sehr traurig gewesen, manchmal sogar verzweifelt. Aber wenn sie ehrlich war, hatte sie noch niemals etwas wahrhaft Schreckliches erlebt. Nicht so wie Junis, der aus einem Land geflohen war, in dem die allerfurchtbarsten Dinge geschahen. Und darum wollte sie mutiger sein, als sie sich fühlte. Für Junis.

»Es wird alles gut«, wiederholte sie und drückte seine Schulter noch etwas fester.

Dann zog sie ihre Nase hoch, die doch ein klitzekleines bisschen lief. Traurigsein und Angsthaben nützten aber gar nichts. Gerade konnten sie zwar nichts weiter tun, als abzuwarten, bis sie jemand befreite. Aber sie hatten eine wichtige Mission. Sogar zwei. Sie mussten Teetee und die Villa retten. Das hier war nur ein kleiner Rückschlag. Und da waren ja noch die anderen. Stulle, Saha, Bene und Cosmo. Gemeinsam würden sie es schaffen.

»Erzähl uns doch von deiner Heimat, Junis«, bat Lene.

»Eine gute Idee«, sagte Sara erfreut.

Denn Geschichten sind wunderbar. Sie können Mut machen, trösten und einen zum Lachen bringen. Und sie können dusslige Wartezeiten verkürzen.

Junis erzählte. Von der Stadt, in der er lebte, von seinen Freunden, von Reitstunden auf Kamelen und Ausflügen zu

Oasen, von Blumen in der Wüste und den bunten Festen, die seine Eltern gaben, vom Dorf, in dem seine Großeltern lebten, und vom Haus inmitten der Olivenbäume.

Währenddessen saßen Bene, Cosmo, Stulle und Saha in der Kommandozentrale. Zum Glück hatte Herr Mansur eine Menge Kundschaft. Er wäre sonst sicher sofort zur Polizei gelaufen. So aber konnten sie sich erst einmal genau erzählen, was jeder erlebt hatte, ohne dass er zuhörte.

»Also, was wir wissen, ist«, sagte Stulle schließlich, »im hinteren Kellerraum wird jemand gefangen gehalten, wahrscheinlich Teetee, die SOS gegen das Heizungsrohr klopft und weint.«

»Das ist so schlimm«, wisperte Saha.

»Doktor Bernius und die Sprechstundenhilfe sind in den Keller gegangen und dann schlug eine Tür da unten zu«, sagte Cosmo.

»Nee, es war andersrum«, unterbrach ihn Bene, der Stulle und Saha genau zugehört hatte.

»Und Lene, Sara und Junis kommen einfach nicht in die Kommandozentrale.« Stulle schaute auf seine Uhr. »Wir sind seit exakt siebenundzwanzig Minuten hier.«

»Keine Frage, sie sitzen im Keller fest«, sagte Cosmo.

»So was Doofes«, sagte Bene.

»Wir brauchen einen neuen Plan«, stellte Saha fest.

»Da seid ihr ja!«, rief da plötzlich jemand und dann stand Frau Felgentreff bei ihnen am Tischchen.

»Ja, hier sind wir«, knurrte Stulle.

Er suchte den Blick der anderen. Sollten sie Frau Felgentreff in alles einweihen? Konnte das der neue Plan sein?

Doch Bene, Saha und Cosmo schüttelten unauffällig die Köpfe. Jedes Einmischen von weiteren Erwachsenen würde unweigerlich die Polizei auf den Plan rufen. Und mit der hatten sie keine gute Erfahrung gemacht.

»Wo ist denn der Rest der Bande?«, fragte Frau Felgentreff.

»Auf geheimer Mission«, antwortete Saha düster.

»Verstehe«, sagte Frau Felgentreff lachend.

Dann wurde ihr Blick eine Spur ernster.

»Hat diese geheime Mission eventuell etwas mit dem Verschwinden einer älteren Dame zu tun?«

Mitten im Satz wurde Junis beim Erzählen und die Mädchen beim Träumen unterbrochen. Jemand machte sich an der Metalltür zu schaffen! Lene, Sara und Junis starrten ängstlich in die Richtung, aus der die kratzenden Geräusche kamen. Schließlich konnten sie auch etwas erkennen. Denn die Tür öffnete sich und Licht fiel in den dunklen Kellerraum. Darin zeichnete sich eine große Gestalt ab.

»Und nun zu euch«, donnerte die.

Die drei drängten sich aneinander. Die Gestalt drückte auf einen Schalter. Die Glühbirne, die nackt von der Decke hing, leuchtete auf. Sie mussten wegen der plötzlichen Helligkeit erst einmal blinzeln. Aber dann blickten sie der Gestalt mutig entgegen. Immerhin waren sie zu dritt.

»Also, was macht ihr hier?«, fragte Doktor Bernius mit einer Stimme, die eigentlich nicht mehr besonders bedrohlich klang, sondern einfach fragend.

»Wir … ähm, wir …«, begann Junis.

Verdammt. Sie hatten ganz vergessen, sich zu überlegen, was sie Doktor Bernius erzählen sollten.

»Wir wollten ein Abenteuer erleben«, fiel Lene schnell ein.

»Ein Abenteuer? In meinem Keller?«, fragte Doktor Bernius und schaute sie misstrauisch an.

»Nicht nur in Ihrem Keller«, erklärte Lene. »In vielen. Wir erleben Kellerabenteuer im ganzen Viertel.«

»Und dann schreiben wir ein spannendes Buch darüber«, ergänzte Junis.

»Das machen wir für Deutsch. Da können Sie gerne Frau Felgentreff fragen«, sagte Sara.

»Aha, das Fräulein Felgentreff ist also in diesen Unsinn eingeweiht«, knurrte Doktor Bernius.

Die drei nickten. Doch hinter ihren Rücken kreuzten sie wegen ihrer Lügen die Finger.

»Hat es sich denn wenigstens gelohnt?«, fragte Doktor Bernius.

»Es war gruselig, immerhin haben Sie uns eingesperrt«, fuhr Lene auf.

Doktor Bernius schaute sie aufmerksam an. Dann nickte er.

»Ja, das habe ich. Ich dachte nämlich, ich hätte eine Horde Einbrecher ertappt.«

»Haben Sie die Polizei angerufen?«, fragte Junis.

Falls der Zahnarzt das getan hatte, dann konnte er im hinteren Raum eigentlich keine alte Dame gefangen halten. Falls jedoch nicht, obwohl das jeder normale Mensch bei einem Einbruch getan hätte, dann war die Sache noch eindeutiger.

»Nein, das habe ich nicht«, sagte Doktor Bernius und die drei warfen sich einen schnellen Blick zu. »Ich habe mir erst einmal die Bilder meiner Überwachungskamera am Eingang angeschaut.«

»Sie haben eine Überwachungskamera! Ist das denn überhaupt erlaubt?«, rief Lene empört.

Doktor Bernius lachte. »Na, du bist mir ja eine ganz Wilde.«

»Wir haben hinter dieser Tür Geräusche gehört«, sagte in dem Moment Sara.

Wie so oft konnte sie ihre Gedanken nicht zurückhalten. Und sie fand es ganz abscheulich, dass Doktor Bernius über Lene lachte, während Teetee wahrscheinlich verzweifelt hinter der verschlossenen Tür kauerte.

»Dann schauen wir am besten mal nach, was da los ist«, sagte Doktor Bernius.

Lene, Junis und Sara standen auf. Doktor Bernius schritt zur Tür und hob ein Bein. Erschrocken hüpften die drei ein Stück zur Seite. Dann trat Doktor Bernius mit aller Kraft gegen die Tür, die sich einen großen Spalt öffnete.

»Die klemmt ein bisschen«, sagte der Zahnarzt. »Da braucht man Körpereinsatz.«

Im hinteren Raum war es viel heller als im vorderen. Denn hier war das Fenster nicht vernagelt. Durch eine verschmierte Scheibe drang diffuses Licht und hüllte alles in einen grauen Schleier wie in Morgennebel. In diesem standen auch hier viele Kisten und Kästen. Direkt neben dem Fenster lief das Heizungsrohr hinunter. Aufgeregt schauten die Kinder dorthin.

»Es ist niemand hier«, flüsterte Sara.

»Na, das würde ich so nicht sagen«, brummte Doktor Bernius und deutete auf einen Haufen neben dem Rohr. »Dort ist jemand.«

Zögerlich traten die Kinder noch einige Schritte weiter in den Raum hinein. Was lag dort? Was war in diesem Haufen verborgen? Es schienen alte Decken zu sein. War darin Teetee eingewickelt? Aber wenn dem so war, warum zeigte Doktor Bernius sie ihnen dann? Warum führte er sie in diesen hinteren Raum?

Plötzlich konnte man ganz deutlich ein Klopfen hören, ein Klopfen gegen das Heizungsrohr. Und dann begann auch wieder jemand leise zu weinen.

»Das sind ja kleine Kätzchen!«, rief Sara und lief auf den Haufen zu.

»Und die Mutter schlägt mit dem Schwanz gegen das Heizungsrohr«, sagte Junis verblüfft.

Die drei hockten sich nebeneinander zu der Katzenfamilie, die dort in den alten Decken ihr gemütliches Lager hatte.

»Wer hätte das gedacht«, murmelte Sara und streichelte eines der kleinen Katzenköpfchen. »Die sind ja süß.«

Auch Lene und Junis streichelten ganz vorsichtig die Kätzchen. Die Mutterkatze schaute nur einmal streng in die Runde, ließ es aber geschehen.

»Wenn ihr jemanden kennt, der eine Katze gebrauchen kann, sagt mir Bescheid«, sagte Doktor Bernius schmunzelnd. »Ich hätte da fünf Stück zu vergeben.«

KAPITEL 19 –
lässt ein Hühnchen etwas finden

»So was Verrücktes. Also wirklich noch mal«, murmelte Stulle immer wieder vor sich hin.

Er konnte einfach nicht glauben, dass er sich so sehr geirrt haben sollte. SOS. Er hatte es ganz deutlich gehört. Aber wie sehr sie es auch hin- und herwendeten, beleuchteten und von allen Seiten betrachteten, es schien tatsächlich der Schwanz einer Katze gewesen zu sein, der das Klopfen in der Heizung verursacht hatte. Während das Maunzen ihrer Babys sich wie ein leises Wimmern und Flüstern angehört hatte. Das war tatsächlich völlig verrückt. Aber vor allem ein unglaublicher Zufall.

»Jetzt wissen wir immer noch nicht, wo Teetee ist«, meinte Cosmo.

»Außerdem ist Doktor Bernius trotzdem nicht unschuldig«, fügte Bene hinzu.

»Im Gegenteil«, knurrte Stulle. »Immerhin gibt es diesen seltsamen Vertrag und die Villa, die er gerne für sich haben will.«

Ein wenig ratlos schauten sich die sieben an. Sie hätten nach Hause gemusst. Es war längst Abendbrotzeit. Aber sie konnten und wollten sich noch nicht trennen. Dazu waren sie viel zu aufgeregt.

»Wisst ihr eigentlich, dass Doktor Bernius Teetees Sohn ist?«, fragte da Frau Felgentreff.

Sie hatte bei Saha, Stulle, Cosmo und Bene gesessen, als die anderen endlich befreit angerannt gekommen waren und völlig atemlos ihre Geschichte erzählt hatten. Es war keine Frage mehr gewesen, ob sie eingeweiht werden sollte oder nicht. Es passierte einfach.

Nun saß sie inmitten der aufgeregten Schar und wusste nicht, was sie von dem Ganzen halten sollte. Sie war sehr erleichtert, dass die Gefangennahme dreier ihrer Schüler nur ein Missverständnis war. Zugegeben, es war seltsam, dass die alte Dame so lange spurlos verschwunden blieb. Auch was Bene erfahren hatte, klang etwas merkwürdig. Dass Doktor Bernius Teetees Sohn war, ließ das Ganze aber wieder in einem ganz anderen Licht erscheinen.

Zwischen ihren Grübeleien hatte Frau Felgentreff immer wieder einen sehnsüchtigen Blick auf ihre Tasche geworfen. Die stand neben dem Tisch und darin lag ein neuer Bikini. Damit würde sie schon morgen im See schwimmen. Zusammen mit Herrn Heckmann, der sie am Morgen abholen wollte. Das Küken würden sie einfach mitnehmen, damit es nicht so alleine wäre. Die Dose mit den Mehlwürmern aus dem Zooladen lag neben dem Bikini in ihrer Tasche.

Doch dann ermahnte sie sich, sich jetzt erst einmal auf das Wesentliche zu konzentrieren.

Mit ihrem Satz hatte sie die Kinder ganz und gar überrascht.

»Doktor Bernius ist Teetees Sohn? Das gibt es ja gar nicht!«, rief Lene.

»Die beiden haben doch noch nie miteinander gesprochen. Ich habe das jedenfalls noch nie gesehen«, sagte Saha.

»Haben Sie das etwa gewusst, Herr Mansur?«, fragte Stulle.

Der Ladenbesitzer hatte inzwischen auch bei ihnen Platz genommen und war nun halb im Bilde. Er zwirbelte vor Überraschung seinen Bart noch fester als sonst und schüttelte den Kopf. »Nein. Gar nicht.«

»Dann verstehe ich aber so einiges nicht«, meinte Junis. »Welcher Sohn würde denn seine eigene Mutter auf die Straße werfen?«

Das war in der Tat kaum vorstellbar.

»Vielleicht hatten sie einen schlimmen Streit? Immerhin reden sie ja auch nicht mehr miteinander«, überlegte Sara.

»Bestimmt gefällt es Doktor Bernius überhaupt nicht, dass Lisa, Rico und Herr Obermayer mit in der Villa wohnen«, sagte Bene.

Cosmo nickte. »Es geht wahrscheinlich gar nicht um Teetee. Sondern um die anderen drei.«

»Das macht es aber auch nicht besser. Denn sie sind Teetees Freunde«, sagte Saha.

»Warum fragt ihr Doktor Bernius nicht einfach, wo seine Mutter ist?«, schlug Frau Felgentreff vor.

Ja, das wäre sicher eine Idee gewesen. Die sieben schauten sich an. Dann schüttelten sie gleichzeitig die Köpfe. Sie wussten zwar nicht so genau, was sie als Nächstes tun sollten, aber Doktor Bernius würden sie ganz sicher nicht nach Teetee fragen. Sie glaubten ihm nicht eine Sekunde die freundliche Art, die er zum Schluss gezeigt hatte.

Trotzdem wollten Saha, Lene und Cosmo mal zu Hause nachfragen, ob sie eines der Kätzchen haben durften.

Frau Felgentreff konnte gar nicht mehr aufhören zu lächeln. Herr Heckmann hatte sich solche Mühe gegeben. Morgens um halb neun hatte er sie mit der Vespa abgeholt und sie waren in das Häuschen seiner Tante am See gefahren. Nun saßen sie auf der Terrasse unter einem Sonnenschirm am gedeckten Tisch. Herr Heckmann hatte Brötchen und Erdbeermarmelade mitgebracht, ein Stück Käse und Tomaten, Kaffee mit Milch in einer Thermoskanne und eine Tüte Brausebonbons.

»Oh, Brausebonbons!«, hatte Frau Felgentreff gerufen.

»Mögen Sie die etwa nicht?«, hatte Herr Heckmann erschrocken gefragt.

»Aber natürlich mag ich Brausebonbons furchtbar gerne«, hatte Frau Felgentreff schnell geantwortet. »Ich habe sie nur schon länger nicht mehr gegessen.«

»Dann wird es aber höchste Zeit«, hatte Herr Heckmann gesagt und sein Lächeln hatte Frau Felgentreffs Herz noch höherhüpfen lassen.

Sie trug eine Strickjacke, denn es war noch etwas frisch. Aber sie hoffte sehr, dass Herrn Heckmann ihr neuer Bikini genauso gut gefallen würde wie ihr.

Kurz schweiften ihre Gedanken zurück zum gestrigen Tag, zur Kommandozentrale und Parole Teetee. Sie musste lächeln. Denn sie freute sich über die Fantasie ihrer sieben Schüler. Natürlich hatte ihr Sohn Frau Teetee nicht entführt und in seinen Keller gesperrt. Zum Glück hatte sich das geklärt. Frau Felgentreff mochte Doktor Bernius zwar auch nicht besonders. Aber das lag eher daran, dass sie Zahnärzte grundsätzlich nicht besonders mochte. Obwohl ihr reparierter Backenzahn tippitoppi war und kein bisschen wehtat. Trotzdem nahm sie sich lieber kein Brausebonbon.

Das Küken lief fröhlich gackernd durch den kleinen Garten. Es fraß etwas vom grünen Gras, scharrte hier und dort nach einem Würmchen oder Käfer, trank vom angrenzenden Seewasser und blickte neugierig in alle Ecken und unter die Hecken, hinter denen die Nachbargärten lagen.

Frau Felgentreff hatte gerade in ein Erdbeermarmeladenbrötchen gebissen, obwohl sie gar keinen Hunger, stattdessen aber viele Schmetterlinge im Bauch hatte, als das Küken plötzlich in einer Hecke verschwand und nicht wieder auftauchte.

»Daf Hühnfen if weg!«, rief sie erschrocken und sprang auf.

Sie lief auf die Hecke zu, kniete sich davor und schaute darunter. Herr Heckmann kniete sich neben sie. Unter der Hecke war es still und leblos. Kein Küken weit und breit.

»Es ist durchgebrannt. Wir müssen hinüber auf das Nachbargrundstück«, bestimmte Herr Heckmann.

Er zog sein Shirt aus, legte sich nur in der Badehose auf den Bauch und begann, unter der Hecke hinüberzurobben.

»Vielleicht sollten wir lieber vorne klingeln«, schlug Frau Felgentreff vor.

»Es ist bestimmt niemand da«, meinte Herr Heckmann etwas angestrengt und war schon fast auf der anderen Seite.

»Mhm«, machte Frau Felgentreff und schaute sich um.

Dann zog sie ihre Strickjacke aus und watete durch das flache Wasser. An der Kante zum Nachbargarten stieg sie wieder ans Ufer.

»Da hatten Sie wohl die etwas bessere Idee«, sagte Herr Heckmann.

Er schaute Frau Felgentreff bewundernd an. Die musste plötzlich lachen. Herr Heckmann sah aber auch zu komisch aus. Vertrocknete Blätter baumelten in seinen Haaren. Seine Knie, sein Bauch und die Ellenbogen waren schwarz vor Erde. Zum Glück fiel er in ihr Lachen ein. Herr Heckmann hat eben Humor und nimmt sich selbst nicht so ernst, dachte Frau Felgentreff glücklich.

»Gack, gack«, machte das Küken.

Es stand auf der Terrasse und blickte neugierig zum Fenster ins Nachbarhaus hinein. Flink sprang Herr Heckmann auf die Terrasse und nahm das Ausreißerküken auf den Arm.

»Gack, gack«, machte das wieder und drehte seinen Kopf zurück zum Fenster.

»Es scheint dort etwas sehr Interessantes entdeckt zu haben«, sagte Frau Felgentreff und warf selbst einen neugierigen Blick in das Nachbarhaus.

Sie konnte aber nichts Besonderes entdecken. Und eigentlich sollte sie auch nicht heimlich in fremde Häuser schauen.

»Wie ich mir schon gedacht habe«, meinte Herr Heckmann. »Herr Bernius ist nicht da.«

»Herr Bernius?«, fragte Frau Felgentreff überrascht. Und sofort breitete sich ein sehr unwohles Gefühl in ihr aus.

»Ja, das ist das Sommerhaus vom Zahnarzt in unserem Viertel«, sagte Herr Heckmann.

»Gack!«, machte das Küken aufgeregt.

»Kommandozentrale jetzt sofort«, flüsterte Sara in die Gegensprechanlage. »Parole Teetee.«

»Alles klar. Ähm, Parole Teetee«, antwortete Cosmo.

Sara lief weiter und klingelte bei Stulle ums Eck, dann bei Junis, bei Bene und gegenüber bei Saha.

Lene saß schon auf der Bank vor Herrn Mansurs Laden, als alle anderen dort eintrafen.

»Parole Teetee«, begrüßten sie sich.

»Also«, erzählte Sara, »Frau Felgentreff hat vorhin bei mir angerufen. Sie wollte nachfragen, ob Teetee wieder aufgetaucht ist.«

»Ist sie nicht«, brummte Cosmo.

»Und sie erzählte mir von einem lustigen Zufall«, fuhr

Sara fort. »So hat sie es zumindest genannt. Denn ich finde es nicht lustig.«

Die anderen starrten sie neugierig an.

»Das Sommerhaus neben dem von Herrn Heckmanns Tante gehört Doktor Bernius«, sagte Sara ein wenig atemlos.

»Der sammelt wohl Häuser«, knurrte Stulle.

»Was ist daran so eine dolle Nachricht?«, wollte Cosmo wissen.

»Überlegt doch mal«, warf Bene aufgeregt ein. »Teetee ist seit sieben Tagen verschwunden. Sie ist außerdem Doktor Bernius' Mutter. Trotzdem will er sie aus seiner Villa rauskriegen –«

»Das wissen wir doch alles«, unterbrach Cosmo ihn.

»Ich weiß, was Bene meint«, sagte Junis.

»Und ich auch«, warf Sara ein.

Junis lächelte sie kurz an. »Und Sara auch. Teetee war nicht in Doktor Bernius' Keller. Aber für uns hat es sich so angefühlt, als müsste sie da einfach sein. Weil wir sicher waren, dass Doktor Bernius etwas mit ihrem Verschwinden zu tun hat, richtig?«

»Richtig«, sagten alle im Chor.

»Verstehe!«, rief Cosmo. »Und nun hat der Zahnarzt noch ein Haus. Am See. Wo nur am Wochenende Leute sind.«

»Dort kann man ganz wunderbar unauffällig jemanden verstecken«, raunte Lene.

»Aber Frau Felgentreff und Herr Heckmann haben Teetee nicht gesehen«, warf Saha ein.

»Weil die mit ganz anderen Sachen beschäftigt sind«, meinte Sara.

»Eieiei, was seh ich da, ein verliebtes Liebespaar«, sang Cosmo und grinste breit.

»Mensch, Cosmo, das pfeifen doch schon alle Spatzen von den Dächern«, sagte Stulle.

»Wir müssen auf alle Fälle zum See und selbst in diesem Haus nachschauen«, bestimmte Lene.

»Auf alle Fälle«, pflichtete Junis ihr bei.

Natürlich waren alle einverstanden.

»Ich habe es schon gegoogelt. Alle halbe Stunde fährt die S-Bahn zum See«, sagte Sara.

»Aber, Sara, alleine an den See, das erlaubt Oma mir nie«, rief Saha ganz verzweifelt.

»Du wärst ja nicht alleine. Wir sind sieben. Und Frau Felgentreff und Herr Heckmann sind auch da«, meinte Junis, der sich allerdings auch nicht ganz sicher war, wie seine Eltern es fänden, dass er mit seinen neuen Freunden an den unbekannten See fahren wollte.

»Wir fragen einfach nicht«, schlug Bene vor. »Die Bahn fährt fünfunddreißig Minuten. Egal was wir entdecken und erleben, in spätestens drei Stunden sind wir wieder hier. Vielleicht können wir sogar noch baden gehen.«

Benes Idee klang eigentlich ganz gut.

»Ich kann aber nicht schwimmen«, sagte Junis leise.

»Das macht nichts. Am Rand ist es gar nicht tief und ich bleibe bei dir«, sagte Sara.

Junis lächelte sie an. So wie Sara zurücklächelte, war es ihm nicht mehr peinlich, dass er bisher noch nicht schwimmen gelernt hatte.

»Es gibt aber doch ein Problem«, warf Cosmo ein. »Die S-Bahn kostet Geld.«

»Wir könnten schwarzfahren, das ist immerhin ein Notfall«, sagte Lene.

»Ob uns der Schaffner das abnimmt?«, zweifelte Saha.

»Die kommen gar nicht so oft zum Kontrollieren«, behauptete Stulle.

»Wenn aber doch? Dann haben wir gleich zwei verbotene Sachen auf einmal gemacht«, sagte Cosmo. Er wollte sich gar nicht vorstellen, was das gäbe, wenn seine Eltern das herausbekommen würden.

»Ich habe genug Geld für die Fahrkarten«, sagte Junis. »Ich bezahle für alle.«

»Das wird aber ganz schön teuer«, warf Bene ein.

»Das ist wirklich kein Problem«, sagte Junis leise.

»Super. Dann holt jetzt jeder sein Badezeug. Den Eltern sagen wir einfach, wir würden ins Schwimmbad gehen«, bestimmte Lene. »In fünfzehn Minuten an der Straßenbahnhaltestelle Richtung Bahnhof.«

KAPITEL 20 –
bringt endlich Licht ins Dunkel

»Hier muss es sein«, sagte Cosmo und zeigte auf eines der Sommerhäuschen, vor dem eine hellblaue Vespa parkte.

»Wie kommst du darauf?«, fragte Stulle.

»Das ist Herrn Heckmanns Vespa«, erklärte Cosmo.

»Woher weißt du das?«, fragte Lene.

Cosmo zuckte die Schultern. »Ich interessiere mich eben für Motorroller.«

Lene lächelte. »Für Roller und Gedichte«, sagte sie.

Cosmo spürte, dass er rote Ohren bekam. »Ich weiß, so spannend wie Vögel und Bücher ist das nicht.«

Lenes Lächeln verschwand. Sie schaute Cosmo an, der schnell wegguckte. »Doch«, sagte sie dann leise. »Das ist es.«

»Los, kommt doch mal«, drängte Stulle.

»Wollt ihr da jetzt einfach klingeln?«, fragte Junis.

»Nee, das ist keine gute Idee. Frau Felgentreff und Herr Heckmann wollen bestimmt alleine sein«, sagte Saha.

»Hoho«, machte Cosmo. Aber eigentlich nur, um von seinen roten Ohren abzulenken. Was natürlich nicht klappte.

»Mann, Alter«, stöhnte Stulle.

»Außerdem würde sich Frau Felgentreff bestimmt sehr wundern, was wir hier wollen«, meinte Cosmo.

»Na, immerhin hat sie mich ja angerufen und mir vom Sommerhaus erzählt«, warf Sara ein.

»Aber das ist unser Abenteuer«, sagte Lene leise. »Auch wenn wir Frau Felgentreff alles erzählt haben.«

»Wir können ja immer noch bei ihr klingeln«, schlug Stulle versöhnlich vor. »Also, falls wir irgendwie Hilfe brauchen.«

Also schlichen sie hintereinander um das Nachbarhäuschen herum. Vorsichtig schauten sie durchs Terrassenfenster.

»Seht ihr irgendwas?«, fragte Sara.

»Da ist ein Sofa, ein Tisch, vier Stühle, ein –«, begann Cosmo aufzuzählen.

»Irgendwas Auffälliges«, präzisierte Lene.

In dem Moment sahen sie ihn alle.

»Da liegt Teetees komischer Badekappenturban«, raunte Stulle.

Junis schaute sich um. Dann lief er zur Terrassentür und drückte die Klinke runter.

»Die ist offen«, flüsterte er.

Die anderen kamen zu ihm.

»Dann mal hinein in die gute Stube«, raunte Bene.

Aber niemand tat den ersten Schritt.

»Fühlt sich irgendwie komisch an«, wisperte Lene. »Als würden wir einbrechen.«

Das stimmte. Die letzte Stunde war sowieso schon sehr abenteuerlich gewesen. Mit jeder Haltestelle, die die S-Bahn weitergefahren war, hatten ihre Herzen etwas schneller geschlagen. Sie fühlten sich, als wären sie auf einer verbotenen kleinen Weltreise.

Dann waren sie an den Sommerhäuschen am See vorbeigelaufen, auf der Suche nach einem Zeichen. Bis Cosmo Herrn Heckmanns Vespa erkannt hatte. Und nun lag da also Teetees Badekappenturban. Das bedeutete, dass sie hier sein musste. Oder zumindest hier gewesen war.

In dem Moment trat die alte Dame in das Wohnzimmer. Sie blinzelte zweimal und schaute verwundert die erstarrte Kinderschar in der geöffneten Terrassentür an. Dann lächelte sie ihr Lächeln, das auf einmal gar nicht mehr merkwürdig war.

»Seid ihr gekommen, um mich zu retten?«, fragte sie fröhlich.

Die sieben nickten.

»Parole Teetee«, brach es aus Cosmo heraus.

»Wie wunderbar«, sagte Teetee.

Kurze Zeit später saßen sie auf dem Teppich um das Sofa herum. Teetee hatte es sich darauf gemütlich gemacht. Die Kinder schauten sie neugierig an. Sie wollten unbedingt wissen, warum Teetee vor sieben Tagen so mir nichts, dir nichts untergetaucht war. Außerdem sahen sie sie zum ersten Mal ohne ihren komischen Hut. Teetee hatte lange graue Haare, die ihr Gesicht umrahmten, fast wie bei einem jungen Mädchen. Jeder von ihnen hielt eine Tasse Tee in Händen, den sie zusammen in der Küche zubereitet hatten.

»Also, werden Sie denn nun hier gefangen gehalten oder nicht?«, fragte Cosmo und schaute auf die offene Tür, die hinaus in den Garten führte.

Teetee lachte. »Nein, natürlich nicht. Ich bin in der Sommerfrische.«

»In der Sommerfrische?«, fragte Junis verwundert.

»Ich mache etwas Urlaub«, erklärte Teetee. »Mein Sohn war so nett, mich für vierzehn Tage einzuladen.«

»Wir dachten, Sie wären zerstritten«, murmelte Saha. »Weil niemand Sie je miteinander sprechen sah, und wegen der Villa.«

Teetee schaute auf einmal ganz nachdenklich.

»Das stimmt. Mein Sohn und ich haben uns schon vor längerer Zeit sehr zerstritten«, erzählte sie. »Und ja, es ging tatsächlich um die Villa. Woher wisst ihr das?«

Die Kinder schauten Bene an. Der schluckte heftig, dann erzählte er, was er an jenem Abend gehört hatte.

Teetee wiegte nachdenklich den Kopf hin und her. »Auch das stimmt. Kalle bot mir fünfzigtausend Euro an, wenn ich aus der Villa ausziehen würde. Plus einer kleinen Eigentumswohnung für mich allein. Aber die wollte ich nicht. Die Villa ist mein Zuhause. Und nicht nur meines.«

»Sondern auch das von Rico, Lisa, dem Baby und von Herrn Obermayer«, sagte Cosmo.

Die Kinder nickten.

»Aber warum hat Ihr Sohn Sie denn nun hierher eingeladen? Sie haben doch nicht etwa zugestimmt, oder?«, fragte Sara alarmiert.

»Auf keinen Fall, nein«, sagte Teetee nachdenklich. »Im Gegenteil. Vor einigen Tagen stand Kalle nämlich plötzlich vor mir. Im Park. Ich war gerade mit Herrn Obermayer ein wenig spazieren. Kalle sagte, dass ich nun endlich zur Vernunft kommen solle. Ich versuchte, ihm noch einmal zu erklären, dass wir die Villa brauchen. Er wurde sehr, sehr wütend und ich ging mit einem ganz schlechten Gefühl nach Hause. Am Abend stand er dann plötzlich vor meiner Tür. Er war ganz freundlich und lud mich zu diesem kleinen Urlaub am See ein. Als Entschuldigung, sagte er. Und Wiedergutmachung. Ich sollte sofort meinen Koffer packen, denn er hätte schon ein Abendessen für uns beide hier im Häuschen vorbereitet. Ich wunderte mich zwar etwas über die Eile, aber dennoch freute ich mich.«

»Vor lauter Aufregung haben Sie sogar Ihre Tasche vergessen«, murmelte Stulle.

Teetee schaute ihn an. Mit einem ernsten und einem lächelnden Auge. »Vergessen?!«, sagte sie. Es hörte sich gleichzeitig wie eine Frage und wie eine Antwort an.

Weil Teetee die Tasche nicht vergessen hat, dachte Lene.

»Ihre magische Tasche«, raunte Cosmo.

Teetee blickte mit einem ganzen Lächeln zu Cosmo. »Ja. Ja, das ist sie. Eine magische Tasche.«

»Sie dachten, dass Ihr Sohn sich mit Ihnen aussöhnen wollte nach dem langen Streit«, sagte Junis leise.

»Das dachte ich«, sagte Teetee und ihr Gesicht war wieder ernst.

»Es könnte sein, dass das gar nicht stimmt«, flüsterte Bene.

»Du meinst, dass es nur ein Trick war, um mich aus der Villa zu locken«, sagte Teetee.

»Das könnte wirklich sein«, wisperte Sara.

Teetees Augen sahen plötzlich ganz anders aus. Waren sie bis eben noch gräulich gewesen, leuchteten sie auf einmal in Blau.

»Ihr könntet recht haben«, sagte sie mit fester Stimme. »Wahrscheinlich wäre es sehr klug, diesen Vertrag doch einmal genauer anzuschauen. Ich wollte es gerade tun, aber dann kam Kalle und drängte zur Eile.«

»Ich habe da ein ganz ungutes Gefühl«, sagte Lene.

»Sie müssen sowieso zurückkommen!«, brach es aus Saha heraus. »Wir brauchen Sie doch. Alle brauchen Sie. Lisa und Rico, Herr Obermayer, und Herr Mansur ist ohne Sie auch ganz traurig.«

»Über dem Viertel liegt eine richtig schwarze Wolke, seitdem Sie nicht mehr da sind«, sagte Lene.

Teetee erhob sich voller Energie, strich ihr Kleid glatt und setzte ihren Badekappenturban auf.

»Dann wird es ja wirklich allerhöchste Eisenbahn, dass wir nach Hause fahren.«

»Juchu!«, jubelten die Kinder.

»Dürfen wir vorher noch baden gehen?«, fragte Sara nach dem Jubeln.

»Aber natürlich, meine Lieben«, antwortete Teetee und ihre Augen strahlten wie der See in der Nachmittagssonne.

»Sie werden aber nicht aufgeben und doch noch die fünfzigtausend und die kleine Wohnung annehmen, oder?«, fragte Stulle, als sie alle in der S-Bahn auf dem Weg nach Hause saßen.

»Das würde ich niemals tun«, antwortete Teetee. »Es gibt sowieso diesen Vertrag. Demnach steht mir eine lebenslange Pacht der Villa zu.«

»Was bedeutet das?«, fragte Junis.

»In der Villa lebte einst eine hoheitliche Familie«, erklärte Teetee. »Mein Vater arbeitete lange für sie. Nach vielen Jahren Dienst zog die Familie aufs Land, und mein Vater erhielt das Recht, mit seiner Familie für einen geringen Betrag lebenslang in der Villa wohnen zu bleiben. Nach seinem Tod gilt der Vertrag für seine direkten Nachkommen. Das bin nur ich.«

»Dann könnte Ihr Sohn Sie ja sowieso gar nicht aus der Villa rausschmeißen!«, rief Cosmo.

»Stimmt«, sagten Sara und Saha im Chor.

Lene kaute grübelnd auf ihrer Unterlippe herum. »Was ich nicht verstehe, ist, warum Ihr Sohn Sie aus dem Haus haben möchte. Er hätte doch gar nichts davon.«

»Genau!«, rief Stulle. »Denn die Villa gehört ihm nicht.«

»Wer ist denn eigentlich der Besitzer?«, fragte Sara.

Teetee zuckte mit den Schultern. »Noch immer die hoheitliche Familie, vermute ich.«

»Ihr Sohn scheint irgendetwas zu wissen, das Sie nicht wissen«, sagte Bene. »Irgendetwas, das mit diesem Vertrag zu tun hat.«

»Dann sollten wir uns den wirklich sehr genau anschauen«, sagte Lene.

»Solche Verträge sind total kompliziert geschrieben. Die versteht eigentlich keiner«, warf Junis ein. »Nur Juristen.«

»Wie mein Vater«, murmelte Bene.

»Na, das ist doch wunderbar«, sagte Teetee. »Dann soll er uns das Vertragskauderwelsch einfach übersetzen.«

»Ich weiß nicht, ob er das machen würde. Er … also, er … macht gemeinsame Sache mit Ihrem Sohn, glaube ich«, raunte Bene heiser.

»Verstehe«, sagte Teetee und lächelte ihm aufmunternd zu.

KAPITEL 21 –
schmeckt allen gut

Am Sonntag trafen sie sich nicht in der Kommandozentrale, sondern in der Villa. Rico begrüßte jeden Einzelnen mit Handschlag.

»Gut, euch zu sehen, Leute«, sagte er und grinste.

Ob er schon wusste, in welch misslicher Lage er, Lisa, Teetee und Herr Obermayer steckten?

Sie setzten sich in der Küche um den großen Esstisch. Während Rico irgendetwas am Herd zauberte, das sehr interessant roch, schauten die Kinder und Teetee etwas ratlos auf den Vertrag zwischen ihnen. Bene hatte ihn mitgebracht. Ihn sozusagen seinem Vater vom Schreibtisch gemopst.

»Das ist kein richtiges Vergehen«, hatte Stulle gesagt. »Immerhin hat Doktor Bernius ihn seiner eigenen Mutter aus der Schublade geklaut.«

»Genau. Bene hat ihn nur der rechtmäßigen Besitzerin zurückgebracht«, hatte Lene hinzugefügt.

Irgendwie hatte Bene sich gestern Abend doch nicht getraut, seinen Vater um Hilfe zu bitten. Weil er Angst hatte, dass sein Vater Nein sagen würde. Aber vielleicht würden sie ja selbst etwas herausbekommen, wenn sie die Seiten ganz genau durchlasen.

Leider sah es jedoch nicht danach aus. Sie verstanden einfach nicht, was da geschrieben stand.

»Warum können diese Juristen kein normales Deutsch benutzen?«, schnaufte Cosmo ärgerlich.

»Weil sie sich wichtiger fühlen, wenn sie niemand verstehen kann und sie darum allen alles erklären müssen«, meinte Bene.

»Dieses Kauderwelsch ist und bleibt unverständlich«, murmelte Teetee.

»Dann essen wir jetzt erst mal was«, sagte Rico und knallte eine riesige Pfanne auf den Tisch.

Junis konnte gerade noch den Vertrag beiseiteziehen, sonst hätte Rico ihn als Untersetzer missbraucht. Danach hätte man erst recht nicht mehr lesen können, was darin geschrieben stand. Junis legte die Seiten auf die Anrichte des alten Küchenschranks, während Rico mit einem großen Löffel monströse Portionen einer seltsamen Masse auf die Teller schaufelte.

»Was ist das?«, fragte Cosmo skeptisch.

»Gemüsepampe à la Rico«, sagte Rico grinsend.

»Schmeckt besser, als es aussieht«, meinte Lisa, die gerade in die Küche kam, sich einen Teller schnappte und ebenfalls am Tisch Platz nahm.

»Herr Obermayer, das Essen ist fertig!«, rief Teetee Richtung Diele.

Dann war es für eine Weile ziemlich still. Zumindest sagte niemand ein Wort. Nur ein leises Schmatzen und Löffelschaben war zu hören. Ricos Gemüsepampe schmeckte tatsächlich gut. Auf alle Fälle völlig anders als alles, was Cosmo je in seinem Leben gegessen hatte.

»Schmeckt echt lecker«, mümmelte Sara.

»Danke fürs Kochen«, sagte Junis.

»Mach ich gerne.« Rico grinste in die Runde.

Rico könnte so gut einen Zahnarzt gebrauchen, dachte Saha und schaute kurz zu Teetee rüber. Die blickte in dem Moment mit einem Lächeln zu ihr auf, als hätte sie Sahas Gedanken gehört.

»Mhpf. Mhm«, grummelte da jemand hinter ihnen.

Erschrocken fuhren alle herum. Niemand hatte Herrn Obermayer hereinschlurfen hören. Dabei schien er schon eine ganze Weile am Küchenschrank zu stehen und in den Seiten des Vertrags zu blättern.

»Herr Obermayer, das ist ein sehr wichtiger Vertrag«, sagte Sara. »Am besten legen Sie ihn einfach wieder hin, damit er nicht dreckig –« Sie schlug sich schnell die Hand vor den Mund.

Herr Obermayer schaute auf. Lächelnd. Ein Lächeln von Herrn Obermayer hatten die Kinder noch nie gesehen. Darum wussten sie auch nicht, dass er gar keine Zähne mehr hatte. Nur drei dunkle Stummel.

»Uiuiuiui«, schnaufte Cosmo.

»Vor dem Essen wasche ich mir grundsätzlich die Hände«, sagte Herr Obermayer.

»Wie es sich gehört, nicht wahr, Herr Obermayer!«, rief Rico. Er stand auf und schaufelte eine weitere Portion Gemüsepampe auf den letzten leeren Teller. Herr Obermayer setzte sich mit an den Tisch. Den Vertrag behielt er in seinen Händen. Besorgt beobachteten die Kinder, wie er in ihm blätterte, während er aß.

»Wenn Sie damit fertig sind, können Sie ihn ja wieder auf die Anrichte legen«, sagte Teetee sanft. »Er gewährt mir übrigens ein lebenslanges Wohnrecht in dieser Villa.«

»Das bedeutet, solange Teetee nicht stirbt, seid ihr alle in –« Einmal mehr schlug Sara sich die Hand vor den Mund. Warum passierte ihr so etwas immer wieder?

Cosmo musste grinsen. Er wusste genau, wie sich Sara gerade fühlte.

Junis dachte an etwas ganz anderes. Er fand es sehr nett, dass Teetee so tat, als würde Herr Obermayer den Vertrag wirklich lesen können.

»Welcher Tag ist heute?«, fragte Herr Obermayer da.

»Sonntag«, antworteten die Kinder im Chor.

»Und welches Datum haben wir?«, fragte Herr Obermayer.

»Den 13. September«, sagten die Kinder im Chor.

»Das ist sehr gut«, brummte Herr Obermayer und legte den Vertrag endlich beiseite.

Lene griff ihn flink und brachte ihn wieder auf der Anrichte in Sicherheit.

Dann löffelten alle leise schmatzend ihre Teller leer. Danach sprangen Junis und Sara auf, räumten die Teller ab und

begannen zu spülen. Stulle und Lene schnappten sich zwei Geschirrhandtücher und trockneten ab.

»So lass ich mir das gefallen«, meinte Rico zufrieden.

»Wer kocht, muss nicht spülen«, sagte Sara. »Ist doch klar.«

Herr Obermayer erhob sich und schlurfte zur Tür. Dort drehte er sich noch einmal um.

»Morgen gehen wir zum Stadtamt«, sagte er zu Teetee.

»Mein lieber Herr Obermayer, was machen wir dort? Brauchen Sie irgendeine Bescheinigung?«

Herr Obermayer schüttelte den Kopf. »Nein. Wir müssen die Villa auf Ihren Namen eintragen lassen.«

Zehn Augenpaare starrten ihn überrascht an.

»Was wollen Sie damit sagen?«, fragte Lisa.

»Das lebenslange Wohnrecht, von dem Sie sprachen, liebe Teetee, gilt genau fünfzig Jahre. Die laufen allerdings übermorgen ab. Nach Ablauf geht die Villa laut Vertrag in den Besitz des darin wohnenden Nachkommen Ihres Vaters über. Also an Sie. Sie müssen allerdings zuvor im Amt vorstellig werden. Wenn niemand vorstellig wird, fällt die Villa an die Stadt. Die verkauft marode Gebäude gerne schnell und sehr billig. Besonders wenn sie unter Denkmalschutz stehen. Wer dann als Erster davon weiß, kann einen guten Schnapper machen«, sagte Herr Obermayer.

Die Augen der zehn wurden noch größer.

Herr Obermayer strich sich durch die wilden Haare. »Gleich morgen früh gehen wir mit dem Vertrag aufs Amt.

Dann gehört die Villa rechtmäßig und ganz und gar Ihnen, meine liebe Teetee.«

»Woher wissen Sie das alles?«, fragte Stulle verblüfft.

Herr Obermayer deutete auf den Vertrag. »Weil es dadrin steht«, sagte er.

»Sie haben dieses juristische Kauderwelsch verstanden?«, rief Bene.

»Aber freilich.«

Die Kinder, Teetee und Lisa starrten ihn fassungslos an.

»Wusstet ihr das nicht? In einem anderen Leben war Herr Obermayer nämlich mal ein Anwalt«, sagte Rico zufrieden grinsend und Herr Obermayer nickte.

»Das gibt es ja gar nicht«, schnaufte Cosmo.

Was macht ein Anwalt mit einem Rechenschieber?, überlegte Stulle.

Teetee saß mit sehr geradem Rücken auf ihrem Stuhl und blickte vor sich hin. In ihren Augen hatten sich dunkle Gewitterwolken zusammengezogen.

»Er hat tatsächlich versucht, mich auszutricksen. Mein eigener Sohn. Tat so, als würde er mir einen kleinen See-Urlaub spendieren, und in Wahrheit wollte er verhindern, dass ich rechtzeitig aufs Amt gehe.«

»Haben Sie sich denn den Vertrag nie durchgelesen?«, fragte Herr Obermayer vorwurfsvoll.

»Nein«, sagte Teetee ein wenig schuldbewusst. »Es gibt immer so viel zu tun, da bleibt einfach keine Zeit für komplizierte Verträge.«

KAPITEL 22 –
nimmt die letzten Sorgen mit sich fort

»Ich weiß wirklich nicht, ob das so weitergehen kann«, sagte Frau Felgentreff am nächsten Morgen. »Eher nicht.«

»Gack«, machte das Küken.

Es begann ihr immer öfter zu widersprechen. Wahrscheinlich kam es so langsam in die Pubertät.

»Da ist Kükenkacke auf meinem Lieblingspulli und ich habe die da nicht hingemacht«, schimpfte Frau Felgentreff.

»Gack«, machte das Küken und schaute sie mit unschuldigen Hühneraugen an.

»Wir müssen uns etwas überlegen. Wenn du hier überall hinmachst, musst du in einen Käfig oder auf den Balkon ziehen. Verstehst du?«

»Gack«, machte das Küken und stolzierte davon.

»Das Thema ist noch nicht beendet. Darüber sprechen wir noch«, rief Frau Felgentreff ihm nach.

Als sie schließlich ins Lehrerzimmer kam, schlug ihr eiskalte Luft entgegen. Dabei waren alle Fenster geschlossen.

»Hatten Sie ein schönes Wochenende?«, fragte die Direktorin spitz. Sie hatte keinen Lippenstift auf den Lippen und erst recht kein Lächeln.

Frau Felgentreff konnte jedoch nicht verhindern, dass ihr selbst eines über das Gesicht huschte. Doch dann bemerkte sie, dass der eiskalte Wind im Lehrerzimmer in Wahrheit eine eiskalte Stimmung war. In der Ecke, in der in den letzten Wochen die vielen köstlichen Kuchen und Brötchen gestanden hatten, lagen nur noch ein paar trockene Krümel.

»Frau Lotter, noch einmal wegen der Experimentierkästen –«, begann sie.

»Für so etwas Überflüssiges hat die Schule kein Geld übrig«, knurrte Frau Lotter.

»Aber die Physik und die Chemie sind nicht überflüssig«, begehrte Frau Felgentreff auf. »Sie bestimmen unsere Welt, alles, was uns umgibt.«

Doch Frau Lotter war längst in ihrem Direktorinnenzimmer verschwunden.

»Alles, was uns umgibt?«, äffte Miss Eder, die Englischlehrerin, sie nach und lachte auf.

Nein, natürlich nicht alles, dachte Frau Felgentreff. Denn da sind ja noch die Liebe, das Miteinander, das Zusammensein.

Sie biss sich auf die Lippen, nahm das Klassenbuch der 4a aus dem Fach und schlug die Tür hinter sich zu. Im letzten Moment schob sie noch schnell den Fuß dazwischen. So konnte die Tür nicht ins Schloss knallen. Schade eigentlich.

Vor dem Klassenzimmer begegneten ihr sieben ihrer Schüler. Sie strahlten dermaßen, dass Frau Felgentreff sofort wieder gute Laune bekam.

»Ihr seht ja fröhlich aus«, sagte sie.

»Frau Felgentreff, wenn Sie wüssten«, sagte Sara atemlos.

»Psst«, machte Cosmo.

Doch Bene lachte unbekümmert. »Frau Felgentreff können wir vertrauen«, sagte er. »Am besten kommen Sie heute Nachmittag in die Kommandozentrale. Wir haben Ihnen eine tolle Geschichte zu erzählen.«

»Darf ich Herrn Heckmann mitbringen?«, fragte Frau Felgentreff.

»Ihren Liebsten?«, rief Sara und schlug sich schnell die Hand vor den Mund.

Frau Felgentreff lächelte wie ein glückliches Hühnchen.

»Klar, der ist in Ordnung«, meinte Stulle.

In der Kommandozentrale war es am Nachmittag ziemlich eng. Denn da quetschten sich alle sieben Kinder, Teetee, Herr Mansur, Frau Felgentreff und Herr Heckmann um das kleine Tischchen mit der bauchigen Teekanne und einer großen Schale Pistazien.

Abwechselnd hatten die Kinder die ganze Geschichte noch einmal erzählt. Von Anfang an, als sie merkten, dass irgendetwas im Viertel nicht stimmte, bis gestern Mittag, als sie alle Gemüsepampe in der Villa gegessen hatten. Dann erzählte Teetee, wie es am Vormittag auf dem Amt gewesen war. (Es hatte keine Probleme gegeben. Herr Obermayer hatte mithilfe des Vertrags und eines neuen Formulars, das Teetee ausfüllen musste, alles geregelt. Dabei hatte er sogar einen Anzug getragen, der nur ein wenig stockfleckig gewesen war.)

»Die Villa ist gerettet!«, jubelte Lene.

»Und niemand verliert sein Zuhause«, rief Saha glücklich.

»Parole Teetee!«, sagte Cosmo.

»Parole Teetee!«, riefen alle anderen im Chor.

Dann schlugen sich die Kinder ab. Was für eine erfolgreiche Mission!

»Das ist ja ein dickes Ding«, brummte der bartzwirbelnde Herr Mansur, als wieder Ruhe eingekehrt war.

»Nicht zu fassen«, murmelte auch Herr Heckmann. »Wie werden Sie denn nun mit Ihrem Sohn umgehen?«

Darüber hatten die Kinder auch schon nachgedacht, aber sich nicht getraut, diese Frage laut zu stellen.

»Das ist in der Tat nicht einfach«, sagte Teetee und schaute auf einmal ganz traurig. »Kalle ist mein Sohn. Und ich liebe ihn. Auch wenn sein Plan ein ganz übler war.«

»Ein bisschen ist das ja wie bei mir«, raunte Bene. »Auch wenn mein Vater mich nicht direkt angelogen hat. Aber er könnte genauso mies sein –« Er blickte entschuldigend zu Teetee.

Die lächelte Bene beruhigend an. »Am besten ist, man redet miteinander. Du solltest deinen Vater noch einmal ganz direkt fragen. Und ich … nun ja, ich werde Kalle auch sagen, was ich von der ganzen Sache halte. Er ist eigentlich kein schlechter Kerl. So, wie ich ihn kenne, wird er sich erst furchtbar ärgern und dann alles bitterlich bereuen.«

»Und das genügt Ihnen?«, fragte Cosmo. »Wollen Sie denn keine Rache?«

Teetee lachte auf. »Für Rache, lieber Cosmo, bin ich inzwischen viel zu alt. Ich habe nämlich gelernt, dass sie sich niemals so gut anfühlt, wie man hoffte.«

Bene deckte den großen Esstisch im Wohnzimmer.

»Wer ist denn dieser Junis?«, fragte seine Mutter.

»Er ist ein neuer Mitschüler. Nein, er ist mein Freund«, sagte Bene. »Seine Familie ist aus Syrien.«

»Ach, ein Flüchtling?« Seine Mutter runzelte die Stirn.

Bene schluckte. Er mochte nicht, wie sie das gerade gesagt hatte. Er mochte das Wort *Flüchtling* sowieso nicht. Alles, was hinten mit *-ling* endet, ist irgendetwas Kleines, etwas Niedliches, Peinliches oder ein Pilz, dachte er. Der Däumling. Der Jüngling. Der Feigling. Der Schönling. Der Krempling.

»Ja. Junis musste mit seinen Eltern vor dem Krieg fliehen«, sagte Bene. »Stell dir das mal vor, Mama. Dabei ist er erst so alt wie ich.«

Nun war es an seiner Mutter, zu schlucken. Bene wollte sie aber nicht weiter in Verlegenheit bringen. Darum ging er in die Küche, um die Käseplatte zu holen. Er stellte sie auf den Esstisch und sah kurz zu seiner Mutter rüber. Sie wischte hektisch auf ihrem Smartphone herum.

Als Junis schließlich kam, öffnete seine Mutter mit einem etwas unsicheren Lächeln die Tür. »Säläm Ailykum«, grüßte sie auf Syrisch.

Junis und Bene mussten grinsen.

»Guten Abend«, sagte Junis und schüttelte ihr die Hand. »Herzlichen Dank für die Einladung. Ich habe ein paar gefüllte Datteln zum Dessert mitgebracht.«

»Oh, du sprichst aber gut Deutsch«, stammelte Benes Mutter verwirrt. »Ich hatte extra im Internet …«

»Danke schön«, sagte Junis und strahlte sie fröhlich an.

Eine halbe Stunde später kam Benes Vater nach Hause. Sie lachten gerade zu dritt über eine lustige Geschichte, die Junis erzählt hatte.

»Hier herrscht ja eine gute Laune«, brummte Benes Vater.

Bene sah, dass die Ader an seiner rechten Schläfe angeschwollen war. Sie war wie eine dicke Raupe, die gerade unter die Haare kriechen wollte. Diese Raupe kroch immer auf der Stirn seines Vaters, wenn der sich eigentlich über etwas aufregte, aber nicht wollte, dass das jemand merkte.

Nach dem zweiten Käsebrot mit Johannisbeergelee hatte sich die Raupe endlich verkrochen.

»Papa?«, begann Bene und musste dann erst mal sein Knie festhalten, weil sein Bein plötzlich anfing, wie verrückt zu zittern.

»Du musst den Fuß ganz aufstellen«, raunte ihm Junis zu.

»Wie bitte?«, fragte Bene.

»Dann hört das Zittern auf«, flüsterte Junis.

Da erst bemerkte Bene, dass er vor lauter Aufregung die Füße auf die Zehenspitzen gestellt hatte. Er presste seine Fußsohlen auf den Teppich und das Zittern hörte tatsächlich auf. Dann atmete er noch einmal tief durch. Junis nickte ihm aufmunternd zu.

»Papa, wusstest du irgendetwas über die Pläne von Doktor Bernius?«

Benes Vater ließ das letzte Stück seines Brotes fallen. Es landete mit der Geleeseite neben dem Teller.

»Oh, die schöne Tischdecke, die muss ich nun wohl waschen«, sagte Benes Mutter. »Was für Pläne?«

»Ja, Benedict, wovon sprichst du?«, fragte sein Vater.

»Davon, dass Doktor Bernius seine eigene Mutter aus der alten Villa schmeißen wollte, weil er das Haus für sich selbst haben wollte«, sagte Bene.

Junis sah gespannt zwischen allen hin und her. Es war eine sehr seltsame Situation, und er wusste nicht so genau, ob er gerade hier sein wollte. Nein, dachte er, das will ich eigentlich nicht.

»Das ist doch Unsinn!«, stieß Benes Vater hervor.

Aber Junis sah ein Fünkchen Zweifel in seinen Augen.

»Also wirklich, Bene, was behauptest du denn da?«, fiel auch Benes Mutter ein.

Da begann Bene, die ganze Geschichte zu erzählen. Am Anfang wollte ihn sein Vater immer wieder unterbrechen und dazwischenreden. Doch er wurde schweigsamer und nachdenklicher.

»Bene, du bist ein kluger Junge. Aber das ist eine unglaubliche Geschichte. Darüber muss ich erst noch einmal nachdenken, bevor ich etwas dazu sagen kann«, meinte er schließlich.

Bene blieb fast ein Stück Käse im Hals stecken. Und dann drückte auch noch ein dicker Kloß von unten. Sein Vater hatte ihn zum ersten Mal Bene genannt. Er brauchte einen ordentlichen Hustenanfall, um wieder richtig atmen zu können.

»Danke, Papa«, sagte er dann.

»Wofür denn?«, fragte sein Vater.

Bene und Junis lächelten sich an.

KAPITEL 23 –
feiert endlich eine Party

Am nächsten Tag nach der Schule sollte gefeiert werden. Herr Mansur hatte versprochen, sich um alles zu kümmern.

»Ein Fest ist nur dann ein richtiges Fest, wenn man nicht selbst der Gastgeber ist«, hatte er gesagt. »Darum seid ihr Helden und alle anderen meine Gäste.«

Um Punkt vier Uhr am Nachmittag sollte es losgehen. Herr Mansur hatte beinahe das ganze Lager leer geräumt. Dort hatte er noch weitere Olivenöl- und Ziegenkäsekanister gefunden. Mit einem Kissen darauf waren sie wunderbare Sitzgelegenheiten oder kleine Tischchen. Überall standen Schalen mit Pistazien, Keksen, Honigkonfekt und Datteln. In großen silbernen Kannen dampfte Pfefferminztee. Daneben standen hohe Türme kleiner goldverzierter Gläschen. Die Saftmaschine war ebenfalls wieder zum Einsatz gekommen und die Tonkrüge waren mit Orangensaft gefüllt.

Wohlgefällig sah sich Herr Mansur um. Die ganze Ecke um seinen Laden herum sah sehr einladend aus. Man darf das Feiern nicht vergessen, dachte er, gerade wenn die Zeiten manchmal schlimm sind.

»Jetzt können sie alle kommen«, murmelte er freudig.

Als Erste bog Teetee um die Ecke. Sie und Herr Mansur nahmen sich fest in die Arme.

»Ich danke Ihnen, mein Lieber«, sagte Teetee.

»Es ist mir eine große Ehre«, sagte Herr Mansur mit hüpfendem Bart.

Da kamen auch schon die anderen. Lene, Stulle, Sara, Saha, Bene und Junis mit ihren Eltern und Omas. Cosmo hatte noch etwas zu tun und wollte nachkommen. Seine Eltern waren aber schon da. Ein wenig vorsichtig liefen sie auf diesen ihnen fremden Laden zu. Hier waren sie noch nie einkaufen gewesen. Frau Felgentreff kam gemeinsam mit Herrn Heckmann. Sie strahlten um die Wette.

Sara stieß Saha in die Seite. »Guck mal, wie verliebt die sind.«

Die Mädchen kicherten.

»Wer ist verliebt?«, fragte Stulle alarmiert.

»Frau Felgentreff und Herr Heckmann«, antwortete Lene.

»Ach so, die beiden. Ich dachte schon –« Er unterbrach sich schnell, wurde knallrot und warf Lene einen heimlichen Blick zu.

Bene und Junis grinsten sich an. Die beiden Lehrer waren ganz offensichtlich nicht die Einzigen auf der Welt, die verliebt waren.

Schon bald war die Luft erfüllt von Lachen und Gesprächen, von Gläserklirren, Schalenknacken, Keksknuspern und Löffelklingeln.

»Nanu, wer hat denen denn Bescheid gesagt?«, wunderte sich Frau Felgentreff, als Frau Lotter und Miss Eder ebenfalls die Straße entlanggelaufen kamen.

»Das war ich. Um das Eis zwischen Ihnen wieder zum Tauen zu bringen«, sagte Herr Heckmann und Frau Felgentreff lächelte ihn dankbar an.

Plötzlich ging ein Raunen durch die Menge und die Gäste schauten auf. Rico, Lisa und Cosmo kamen mit großen Schritten um die Ecke. Sie waren mit Blechen beladen.

»Gemüsequiche«, rief Cosmo strahlend. »Die haben wir selbst gebacken.«

Sie stellten die Bleche ab und verbeugten sich. Alle klatschten Beifall. Den Eltern half das, die verlorenen Kinder in die Runde aufzunehmen. Bis gestern waren sie die obdachlosen Drogensüchtigen aus der verfallenen Villa gewesen. Solche Gedanken verschwinden nicht über Nacht. Sie würden sich erst einmal alle richtig kennenlernen müssen. Gemeinsam Gemüsequiche essen, Pfefferminztee trinken und Pistazien essen waren ein guter Anfang.

»Was feiern wir denn eigentlich?«, tönte Cosmos Vater.

Benes Vater verzog kurz das Gesicht. Seine Frau drückte tröstend seinen Arm.

»Das Leben«, sagte Teetee. »Wir feiern das Leben.«

»Sie sind also der berühmte Professor«, flötete derweil Frau Lotter.

»Nun ja, berühmt würde ich nicht sagen«, meinte Junis' Vater bescheiden.

»Es ist sehr bereichernd, Sie hier zu haben«, ließ sich die Direktorin jedoch nicht in ihren Lobeshymnen aufhalten. »Ich lege ja auch sehr viel Wert auf die Physik und die Chemie.«

»Ach, das ist mir neu«, wisperte Frau Felgentreff Herrn Heckmann ins Ohr.

»Darum bin ich auch sehr froh, dass Sie so an den neuen Experimentierkästen interessiert sind, Frau Lotter«, sagte sie dann laut.

»Oh, ja, oh … aber natürlich, die Experimentierkästen«, stammelte Frau Lotter.

»Falls Sie dafür noch eine Spende gebrauchen können«, sagte Junis' Vater lächelnd. »Ich wäre bereit –«

»Aber das ist ja ganz wunderbar!«, rief Frau Lotter.

»Einfach wunderbar!«, wiederholte Miss Eder, die sich noch nie für Experimentierkästen interessiert hatte und wahrscheinlich auch gar nicht wusste, was das ist.

»Na bitte, geht doch«, murmelte Herr Heckmann.

Junis und Sara saßen nebeneinander auf zwei Kanistern.

»Die wollte ich dir schon lange mal zeigen«, sagte Junis und zog sein Smartphone hervor. Dann öffnete er den großen Ordner mit den Fotos aus seiner Heimat. Das Haus in der Stadt, die Freunde, die Palme vor der Schule, die Villa seiner Oma, der Olivenhain, der Wasserspeier im Garten, der kleine Laden am Eck.

»Bei euch gibt es ja auch einen Herrn Mansur«, rief Sara.

Junis nickte. »Darum mag ich unsere Kommandozentrale so gerne.«

»Jetzt haben wir aber gar keinen Fall mehr«, meinte Sara. »Das ist eigentlich richtig schade.«

»Finde ich auch«, sagte Lene und setzte sich zu den beiden. Sara gab ihr das Smartphone weiter.

»Es ist so schön bei euch, Junis«, raunte Lene.

»Hier bei euch ist es aber auch schön«, sagte Junis und blickte Sara dabei an.

Sara wusste gar nicht, wo sie nun hingucken sollte, darum schaute sie einfach in Junis' Augen. Die waren braun und voller Lachen.

»Lene, ich möchte dich gern mal meinen Eltern vorstellen«, sagte da Stulle. »Dann können wir auch gleich wegen nächstem Sonntag fragen.«

Lene stand auf und folgte ihm.

»Mama, Papa, das ist Lene. Lene, das sind Mama und Papa … ähm, meine Eltern«, sagte Stulle.

»Hallo, Lene«, begrüßte sie Stulles Mutter.

»Papa, Lene würde gerne am Sonntag mit raus zum Vögelbeobachten. Wäre das okay?«, fragte Stulle.

Stulles Vater schaute etwas überrumpelt. »Ja, na klar, das ginge schon«, antwortete er.

»Super«, sagte Stulle.

»Danke schön«, sagte Lene.

Dann gingen sie wieder zu den anderen.

»Das ist doch eigentlich unser Vater-Sohn-Ding«, murmelte Stulles Vater etwas traurig. »Warum muss denn da jetzt ein Mädchen mitkommen?«

Stulles Mutter musste kichern und umarmte ihren Mann. »So ist das, mein Lieber. Irgendwann wollen die Kinder eben ihre eigenen Sachen machen.«

»Dabei ist diese Lene einen halben Kopf größer als Timo«, brummte Stulles Vater.

»Stulle, mein Schatz. Unser Sohn möchte Stulle genannt werden. Und er will Lene ja nicht heiraten, sondern mit ihr Vögel beobachten.«

»Das ist doch völlig verrückt«, murrte Stulles Vater.

»Ja, das denke ich auch seit vierzehn Jahren«, sagte Stulles Mutter und lachte. »Wie kann einer nur so verrückt sein, sonntags um vier Uhr morgens aufzustehen, um im nassen Gras zu hocken und Vögel zu beobachten.«

In dem Moment klatschte Herr Mansur in die Hände. »Es gibt jetzt eine Überraschung.«

Alle verstummten und harrten neugierig der Dinge, die da kommen sollten. Benes Vater holte einen großen Kasten aus dem Laden und stellte ihn auf. Es war ein elektrisches Klavier. Bene nahm auf einem Hocker davor Platz. Saha stellte sich daneben. Sie hatte ihre Blockflöte in der Hand. Die beiden nickten sich zu. Und dann spielten sie zusammen ein Stück. Gestern hatte Saha Bene gestanden, dass sie oft seinem Spiel lauschte und eines sogar auf der Blockflöte begleiten könnte.

Es klang wunderschön. Sahas Oma hatte große Mühe, nicht in unbändiges Jubeln auszubrechen. Als der letzte Ton verklungen war, nahmen sich Bene und Saha an den

Händen und verbeugten sich. Alle applaudierten, so laut sie konnten.

»Blockflöten ist wunder-wunder-wunderschön!«, rief Sahas Oma.

»Ab jetzt möchte ich aber gerne Klavier spielen, liebe Omi«, sagte Saha und ihre Oma nickte.

»Wenn du magst, können wir zusammen üben«, schlug Bene vor.

Saha schaute ihn überglücklich an.

»Ich habe auch noch eine Überraschung«, murmelte Cosmo.

Während er das sagte, bekam er rote Ohren. Aber das war jetzt egal. Er hatte nicht nur seit heute Mittag zusammen mit Rico Gemüse geschnippelt und gebacken, sondern auch gestern gedichtet.

»Die gute Teetee hat uns gezeigt, wie's geht,
weil sie schon lange dieses Leben versteht.
Man soll sich gernhaben, zuhören und respektieren
und niemanden zu Dummheiten verführen.
Achtsam sein, zusammen essen
und wirklich keinen anderen vergessen.
Man muss zusammenhalten in der Not,
bei Hausis, Verbrechen und Abendbrot.
So können wir mit kleinen Sachen
die Welt ein bisschen besser machen.«

»Cosmo weiß auch, wie's geht. Und das ganz ohne Reimlexikon!«, rief Stulle.

Alle jubelten los. Nur Herr Heckmann musste ein bisschen

grinsen. Lene stand auf und gab Cosmo einen kleinen Kuss auf die Wange. Cosmos Herz schlug vor Glück so sehr gegen seine Brust, wie er es noch nie zuvor gespürt hatte. Er sah seine Mutter mit den Tränen kämpfen und seinen Vater auf dem Boden herumschauen. Cosmo wusste nicht, ob vor Rührung, vor Scham oder vor Ärger.

»Alles kann man wohl nicht haben«, murmelte er.

»Jedenfalls nicht immer und sofort. Manche Dinge brauchen Zeit, lieber Cosmo«, sagte Teetee, die plötzlich neben ihm stand.

»Hauptsache, man gibt nicht auf«, raunte Cosmo. Das hatte letztens Herr Obermayer gesagt. Damals hatte er sich darüber geärgert. Doch nun war alles anders.

»Herr Obermayer lässt sich heute entschuldigen. Er ist etwas unpässlich«, sagte Teetee.

»Wie schade«, brummte Cosmo.

Teetee tätschelte Cosmos Arm und setzte sich zu Herrn Mansur auf die Bank.

»Mein Lieber, ich danke Ihnen noch einmal für dieses wunderbare Fest«, sagte sie.

»Für Sie tue ich alles«, brummte Herr Mansur mit wippenden Bartenden.

Teetee lachte so hell auf, wie man es noch nie zuvor von ihr gehört hatte.

Hinten im Laden schloss sich in dem Moment die Tür zum Lager.

»Entschuldigen Sie, dass ich Sie hierhergebracht habe.

Aber ich muss Ihnen unbedingt etwas sagen. In Ruhe, ohne all die Menschen da draußen«, sagte Herr Heckmann.

»Ich Ihnen auch«, flüsterte Frau Felgentreff.

»Oh, dann beginnen Sie bitte«, sagte Herr Heckmann.

»Nein, nein, Sie zuerst«, wisperte Frau Felgentreff.

»Wollen wir nicht Du zueinander sagen?«, fragte Herr Heckmann.

»Ganz unbedingt«, flüsterte Frau Felgentreff zurück.

Und dann küsste Herr Heckmann Frau Felgentreff. Oder Frau Felgentreff Herrn Heckmann. So genau konnte man das nicht erkennen. Dabei vergaßen sie ganz, den anderen nach dessen Vornamen zu fragen.

»Müssen wir jetzt unsere Kommandozentrale aufgeben?«, fragte Stulle draußen vor dem Laden.

»Aber natürlich nicht«, antwortete Herr Mansur.

»Super«, strahlte Lene. »Wer weiß, welche anderen Fälle noch auf uns warten.«

»Aber so voller Sorgen müssen sie nicht noch mal sein«, sagte Junis.

»Nein, das nicht. Aber genauso spannend und aufregend«, meinte Sara und schaute Junis mit leuchtenden Augen an.

Teetee saß noch immer auf der Bank neben Herrn Mansur. Sie blickte sich um und streichelte ihre bauchige Tasche.

»Siehst du, manchmal brauchen sie dich gar nicht«, wisperte sie und lächelte ihr geheimnisvolles Lächeln.

Antje Herden hat keine magische Tasche, aber einen magischen Stift, mit dem sie zahlreiche Kinder- und Jugendbücher geschrieben hat. Sie hat viele Preise für ihre Bücher bekommen, wie z. B. den Peter-Härtling-Preis 2019, und wurde für den Deutschen Jugendliteraturpreis 2020 nominiert. Es könnte durchaus sein, dass ihre Bücher Wünsche erfüllen, von denen man vorher noch gar nichts wusste. Ausprobieren lohnt sich!

Maja Bohn, 1968 in Rostock geboren, studierte an der Kunsthochschule Berlin Weißensee Kommunikationsdesign. Seit dem Abschluss arbeitet sie als freie Illustratorin und Autorin für Kinder- und Schulbücher. Sie lebt mit ihrer Familie in Berlin.

4. Auflage 2023
Text: Antje Herden
Bilder: Maja Bohn
Vermittelt durch die Literarische Agentur Barbara Küper
Lektorat und Redaktion: Carla Felgentreff
Layout und Satz: Tulipan Verlag, Stephanie Raubach
Druck: GGP Media GmbH, Pößneck
ISBN 978-3-86429-483-9